O CÃO DOS BASKERVILLE

ARTHUR CONAN DOYLE

O CÃO DOS BASKERVILLE

Tradução
Ana Carolina Oliveira

Apresentação
Lourenço Cazarré

autêntica

Copyright © 2018 Autêntica Editora

Título original: *The Hound of the Baskervilles*

Fonte: www.gutenberg.org

Todos os direitos reservados pela Autêntica Editora Ltda. Nenhuma parte desta publicação poderá ser reproduzida, seja por meios mecânicos, eletrônicos, seja via cópia xerográfica, sem autorização prévia da Editora.

EDIÇÃO GERAL
Sonia Junqueira

REVISÃO
Carla Neves
Samira Vilela

CAPA
Diogo Droschi

ILUSTRAÇÃO DE CAPA
Vito Quintans

DIAGRAMAÇÃO
Christiane Morais de Oliveira
Guilherme Fagundes

Dados Internacionais de Catalogação na Publicação (CIP)
(Câmara Brasileira do Livro, SP, Brasil)

Doyle, Arthur Conan, 1859-1930
O cão dos Baskerville / Arthur Conan Doyle ; tradução Ana Carolina Oliveira. -- 3. ed. -- Belo Horizonte : Autêntica, 2021 -- (Clássicos Autêntica / coordenação Sonia Junqueira).

Título original: *The Hound of the Baskervilles*
ISBN 978-65-5928-092-6

1. Ficção policial e de mistério (Literatura inglesa) 2. Holmes, Sherlock (Personagem fictício) I. Cazarré, Lourenço. II. Título. III. Série.

21-68734   CDD-823.0872

Índices para catálogo sistemático:
1. Ficção policial e de mistério : Literatura inglesa 823.0872

Cibele Maria Dias - Bibliotecária - CRB-8/9427

Belo Horizonte
Rua Carlos Turner, 420
Silveira . 31140-520
Belo Horizonte . MG
Tel.: (55 31) 3465 4500

São Paulo
Av. Paulista, 2.073 . Conjunto Nacional
Horsa I . Sala 309 . Cerqueira César
01311-940 . São Paulo . SP
Tel.: (55 11) 3034 4468

www.grupoautentica.com.br
SAC: atendimentoleitor@grupoautentica.com.br

Devo a concepção desta história a
meu amigo Fletcher Robinson, que
me ajudou tanto com a trama geral
quanto com os detalhes locais.

A.C.D.

SUMÁRIO

Apresentação: Os secretos mecanismos do trio
Sherlock/Watson/Doyle
Lourenço Cazarré 9

Capítulo 1	Sherlock Holmes 17
Capítulo 2	A maldição dos Baskerville 26
Capítulo 3	O problema 40
Capítulo 4	Sir Henry Baskerville 52
Capítulo 5	Três fios partidos 67
Capítulo 6	A Mansão Baskerville 81
Capítulo 7	Os Stapleton da Casa Merripit 94
Capítulo 8	Primeiro relatório do Dr. Watson 112
Capítulo 9	A luz no pântano 123
	(Segundo relatório do Dr. Watson)
Capítulo 10	Trecho do diário do Dr. Watson 147
Capítulo 11	O homem do rochedo 160
Capítulo 12	Morte no pântano 177
Capítulo 13	Armando as redes 195
Capítulo 14	O cão dos Baskerville 208
Capítulo 15	Retrospecto 223

Apresentação

OS SECRETOS MECANISMOS DO TRIO SHERLOCK/WATSON/DOYLE

Lourenço Cazarré

Ao mesmo tempo que você se diverte com este livro, é certo que centenas ou milhares de outras pessoas também o estão lendo, em outras línguas, nos mais distantes recantos deste nosso vasto universo. É possível que uma menina brasileira o esteja estudando, em inglês, em uma escola bilíngue do Uruguai. É razoável supor que um senhor de meia-idade, funcionário da empresa de energia elétrica da Islândia, o lê entre um plantão e outro. E por que não imaginar, ainda, que um jovem economista chinês se diverte com essa mesma história enquanto viaja, de metrô, até seu trabalho em Beijing?

A paixão pelos livros do mais famoso dos detetives – o impressionante Sherlock Holmes – tem mais de 130 anos. Espalhou-se pelo mundo e não há sinais de que possa ser detida. Este que você tem agora em mãos é considerado, pelos incontáveis estudiosos da obra de Arthur Conan Doyle – o médico que inventou Sherlock –, aquele que traz a mais bem realizada das muitas aventuras protagonizadas pelo sagaz investigador.

Analisando com atenção *O cão dos Baskerville*, publicado em 1891, certamente descobriremos alguns dos secretos e sofisticados mecanismos que garantiram o estrondoso sucesso das obras criadas pelo trio Sherlock/Watson/Doyle e que foram publicadas em nove volumes: quatro deles trazendo histórias mais longas (romances ou novelas) e cinco enfeixando histórias curtas (contos).

Já no primeiro capítulo somos apresentados à espantosa capacidade que o detetive tem de, a partir de um simples objeto, obter informações relevantes sobre determinada pessoa. Alguém que fora visitar Sherlock, ao sair de sua casa às pressas, acaba por esquecer uma bengala. Observando-a, o detetive traça um retrato irretocável do usuário, confirmado quando ele volta, no dia seguinte. Sherlock era uma espécie de Google um século antes de seu surgimento: colecionava catálogos sobre horários de trens, estradas e hotéis da Inglaterra; frequentava bibliotecas e mantinha muitos informantes entre aqueles que ganhavam a vida nas ruas – inclusive no submundo – de Londres, a maior cidade do mundo à época.

No segundo e movimentado capítulo somos informados inicialmente da intrigante morte de Sir Charles Baskerville, encontrado sem um só ferimento no corpo, mas com a face quase irreconhecível, provavelmente transfigurada pelo pavor de ter visto algo tremendo, inimaginável, inconcebível.

Também ficamos sabendo, nesse segundo capítulo, de uma arrepiante história de paixão e horror, ocorrida no passado remoto, envolvendo um membro dessa antiga família inglesa, um homem extremamente violento que causa a morte de uma bela jovem que não correspondia ao seu amor.

Contrastando com essas mortes assustadoras, o quarto capítulo nos brinda com alguns episódios cômicos, ou quase. O primeiro gira em torno de botas a serem lustradas que somem e reaparecem em um hotel. O segundo envolve o surgimento de um espião barbudo que persegue, pelas ruas de Londres, o jovem Henry, sobrinho de Sir Charles, que chegara da América para assumir a herança milionária da família.

No quinto capítulo, intitulado "Três fios partidos", o narrador começa a espalhar pistas – a maioria falsas – que vai desfazendo ao longo da narrativa, ao mesmo tempo que levanta outras. O objetivo da distribuição de tais indícios, claro, é prender nossa atenção. É levar-nos para dentro da história. É fazer com que atuemos como detetives auxiliares, que ficam o tempo todo se fazendo perguntas.

As histórias de Sherlock Holmes, como todos sabem, são contadas pelo decentíssimo doutor Watson, um médico de parcos recursos financeiros que, enquanto se recupera de ferimentos sofridos em combate, divide com o detetive as despesas de uma casa em Baker Street. Há quem garanta, aliás, que o êxito dos livros de Sherlock se deve tanto à genialidade do investigador quanto à narrativa fluente, sintética e abrangente do médico escritor.

Com frequência, os livros de aventuras, aqueles que buscam o puro entretenimento, avançam basicamente sobre diálogos. Deve ser porque conversas entre personagens dão aos leitores uma forte impressão de movimento permanente, de muita ação. No caso de Watson, portanto, as partes narrativas ou descritivas são menos numerosas, mas ambas levam em consideração a paciência dos leitores. Ou seja, elas não se estendem tanto que possam entediar quem lê, mas também não são tão resumidas que possam deixar lacunas na história.

Falo disso para destacar a beleza do sexto capítulo, quase todo calcado em descrições. Primeiramente, ao relatar sua viagem até a casa dos Baskerville, Watson mostra como o cenário vai mudando, tornando-se mais sombrio à medida que ele e Sir Henry se aproximam do coração do pântano – terreno inculto e árido, onde há apenas vegetação rasteira e arbustos –, pontilhado por inumeráveis sumidouros que podem tragar em minutos animais e homens desatentos.

O escritor (Arthur) e o narrador (Watson), além de espalhar pistas, gostam de nos apresentar muitos suspeitos. Em *O cão dos Baskerville*, temos uma dúzia de pessoas que ora parecem cândidas e inocentes, ora lembram bandidos sanguinários. Os tipos humanos retratados neste romance são muitos, e curiosos. Temos o velho encrenqueiro, Frankland, que gosta de inventar demandas judiciais por qualquer coisinha. Há os Barrymore, misteriosos funcionários da mansão Baskerville. Sabe-se ainda que um perigoso bandido, foragido da prisão, está escondido no coração do pântano. Surge depois um misterioso homem alto e magro que também parece ter escolhido aquela área desolada como covil. Igualmente suspeito é o pequeno senhor Stapleton, que vive a caçar borboletas no pântano, que ele conhece como a palma de sua mão. Duas jovens mulheres, uma delas muito morena, também entram na lista de suspeitos. O clima de desconfiança é tal que acabamos inquietos até mesmo com Mortimer, o aparentemente pacato médico da região.

Ah, quase ia me esquecendo do cão.

Retido em Londres por outras investigações importantes, Sherlock pede a Watson que observe e relate tudo o que acontece de estranho na casa dos Baskerville. É isso que o médico faz, com grande competência, em duas cartas e um relatório.

Entre as muitas informações levantadas por ele, uma é capaz de apavorar até os mais corajosos. No meio da noite, o silêncio do pântano é cortado pelos lamentos arrepiantes de um cão. São ganidos sofridos que vêm de muito longe. Aquele rugido meio abafado só pode sair mesmo de uma garganta poderosa. Imediatamente, passamos a imaginar um cão descomunal, gigantesco. Um monstro de, digamos, cem quilos e um metro de altura. Sim, e ele só pode ser um enorme cão de caça, daqueles que vão à garganta de suas vítimas e as despedaçam.

O cão dos Baskerville é um livro de cerca de 50 mil palavras, distribuídas por 15 capítulos. Sabemos que leitores não estão nem aí para o número de páginas ou de palavras de um livro ou até mesmo para o número de horas que empregam na leitura dele. Mas achamos importante dar aqui essa informação técnica que raramente é levantada. Há capítulos curtos, de 2 mil palavras, e longos, de 5 mil, todos no exato tamanho exigido pela trama.

Por fim, me ocorre dizer que, no meio dessa história, há casos de amor. Ou, dito de outra forma: há duas mulheres que amam um mesmo homem. Registro isso porque há leitores que gostam de encontrar paixonites em meio a peripécias policialescas. Aliás, por falar nisso, há uma insólita frase solta, na qual o doutor Watson faz um comentário que escapa ao seu estilo sóbrio e discreto: "Realmente cruel é o homem que não tem uma mulher para chorar sua perda".

Arthur Conan Doyle, o homem que inventou Sherlock Holmes, merece algumas palavras nesta apresentação. Nascido em 1859 em Edimburgo, na Escócia, pertencia a uma família irlandesa. Seu pai era um desenhista talentoso, e sua mãe, uma mulher decidida a bem formar os filhos. A renda da família era modesta. As três irmãs do escritor, por exemplo, foram obrigadas a trabalhar como governantas em Portugal a fim de reforçar o orçamento da casa.

Foi também com grandes sacrifícios que Arthur graduou-se em Medicina. Enquanto cursava a faculdade, chegou a fazer duas longas viagens como "médico" de bordo: numa delas, foi à caça de focas e baleias no norte da Europa; em outra, percorreu a costa da África Ocidental.

Para aumentar seus ganhos como médico que se iniciava na profissão, Arthur começou a escrever ficção. Seus amigos já lhe diziam há muito que escrevia cartas magníficas. Assim, um dia, em 1879, aos 20 anos, ele resolveu rabiscar um conto, intitulado "O mistério do Vale Sasassa". Nunca mais parou, até sua morte em 1930.

Além das histórias de Sherlock Holmes, Arthur Conan Doyle escreveu muitos livros sobre acontecimentos históricos, viagens, aventuras de piratas e fatos sobrenaturais. Na verdade, ele subestimava suas obras policiais. Acreditava que, no futuro, seus trabalhos históricos – que considerava os mais relevantes – acabariam se impondo. Não foi o que ocorreu.

É interessante registrar aqui o que ele escreveu em *Memórias e aventuras*, sua autobiografia: "Ainda era pelas histórias de Sherlock Holmes que o público clamava, e eram essas que eu procurava entregar, de tempos em tempos. Finalmente, após ter escrito duas séries, percebi que corria o risco de forçar a mão e ser identificado para sempre com algo que a meu ver representava o nível mais baixo da criação literária. Consequentemente, como prova de minha determinação, decidi pôr fim à vida de meu herói".

Foi o que aconteceu de fato. Após a publicação das duas primeiras coletâneas de contos – *As aventuras de Sherlock Holmes* e *As memórias de Sherlock Holmes* –, o escritor deu um sumiço em seu herói. Mas, diante do intenso clamor dos fãs apaixonados, acabou por trazê-lo de volta à vida anos depois. E aquilo que julgava ser "o nível mais baixo da criação" acabou por garantir a ele um dos lugares mais destacados na literatura mundial.

LOURENÇO CAZARRÉ, jornalista, é autor de romances: *Kzar Alexander, o louco de Pelotas* (Prêmio Biblioteca do Paraná); livros de contos: *Enfeitiçados todos nós* (Prêmio Bienal Nestlé), *Ilhados* (Prêmio Açorianos); e novelas juvenis: *Nadando contra a morte* (Prêmio Jabuti), *A guerra do lanche* (Coleção Vaga-lume), *A fabulosa morte do professor de português* (Autêntica) e *Os filhos do deserto combatem na solidão* (Prêmios CEPE e Biblioteca Nacional).

Capítulo 1

SHERLOCK HOLMES

Sherlock Holmes, que normalmente se levantava muito tarde, exceto nas não raras ocasiões em que passava a noite toda acordado, estava sentado à mesa do café da manhã. Eu estava de pé no tapete da lareira, e peguei a bengala esquecida por nosso visitante da noite anterior. Era uma bela peça, grossa, de madeira, com a empunhadura arredondada, do tipo conhecido como *Penang lawyer*. Logo abaixo da empunhadura havia uma larga faixa de prata, com quase três centímetros de comprimento. Sobre ela estava gravado: "Para James Mortimer, M.R.C.S.,[*] de seus amigos do C.C.H.", com a data "1884". Era uma bengala bastante usada pelos médicos de família à antiga: imponente, firme e segura.

— Bem, Watson, o que acha disso?

Holmes estava sentado de costas para mim, e eu não tinha dado nenhum indício do que estava fazendo.

— Como sabia o que eu estava fazendo? Acho que você tem olhos atrás da cabeça.

---

[*] Membro do Royal College of Surgeons [Colégio Real de Cirurgiões]. (N.T.)

– Pelo menos, tenho uma chaleira de prata bem polida à minha frente – respondeu ele. – Mas diga-me, Watson, o que você acha da bengala de nosso visitante? Já que tivemos o azar de não estar presentes para encontrá-lo e não temos nenhuma noção do motivo de sua visita, esse souvenir acidental torna-se de extrema importância. Deixe-me ouvir sua descrição do homem, a partir do exame desse objeto.

– Acho – comecei, seguindo o mais de perto possível os métodos de meu companheiro – que o Dr. Mortimer é um médico idoso, de sucesso e estimado, pois os que o conhecem lhe deram essa demonstração de seu apreço.

– Ótimo! – disse Holmes. – Excelente!

– Também penso que há uma boa probabilidade de ele ser um clínico do interior, que faz grande parte de suas visitas a pé.

– Por quê?

– Porque esta bengala, embora originalmente muito elegante, está tão surrada, que não consigo imaginá-la sendo usada por um médico da cidade. A ponteira de ferro grosso está desgastada, por isso é evidente que o doutor já caminhou bastante com ela.

– Faz todo o sentido! – concordou Holmes.

– Além disso, há essa questão dos "amigos do C.C.H." Imagino que isso signifique Clube de Caça Alguma Coisa, o grupo de caça local, e que o Dr. Mortimer provavelmente tenha dado alguma assistência cirúrgica aos membros do clube, que lhe ofereceram um presente em retribuição.

– Watson, você realmente me surpreende – disse Holmes, empurrando a cadeira para trás e acendendo um cigarro. – Sou obrigado a dizer que, em todos os relatos que fez de minhas modestas façanhas, sempre subestimou suas próprias habilidades. Pode ser que você mesmo não seja iluminado, mas é um condutor de luz. Algumas pessoas, mesmo não possuindo genialidade, têm um poder notável de estimulá-la. Confesso, meu caro amigo, que lhe devo muito.

Ele nunca tinha se expressado assim, e devo admitir que suas palavras me trouxeram um prazer imenso, pois muitas vezes me ressenti com sua indiferença à minha admiração e às tentativas que fiz para dar notoriedade a seus métodos. Também fiquei orgulhoso em pensar que tinha, até agora, dominado seu sistema, a ponto de aplicá-lo de uma forma que o deixasse satisfeito. Ele tomou a bengala de minhas mãos e a examinou por alguns minutos a olho nu. Em seguida, com uma expressão de interesse, pousou o cigarro e, carregando a bengala até a janela, examinou-a novamente sob uma lupa.

– Interessante, mas elementar – disse, quando voltou para seu canto favorito do sofá. – Há certamente um ou dois indícios nesta bengala. Ela nos dá base para várias deduções.

– Deixei passar alguma coisa? – perguntei, com certa presunção. – Acredito não ter negligenciado nada de importante.

– Meu caro Watson, sinto dizer que a maioria de suas conclusões estavam erradas. Para ser franco, quando falei que você me estimulava, quis dizer que, ao notar seus equívocos, às vezes eu era guiado para a verdade. Não que você esteja inteiramente errado neste caso. O homem é com certeza um médico do interior. E anda bastante.

– Então, eu estava certo.

– A esse respeito.

– Mas isso foi tudo!

– Não, não, meu caro Watson, não foi tudo, de maneira alguma. Eu sugeriria, por exemplo, que é mais provável que um presente de reconhecimento para um médico tenha vindo de um hospital do que de um grupo de caça, e que, quando as iniciais "C.C." aparecem no nome de um hospital, as palavras "Charing Cross", muito naturalmente, vêm à mente.

– Você pode estar certo.

– As probabilidades apontam nessa direção. E se tomarmos isso como uma hipótese válida, temos um novo ponto de partida para começar nossa construção desse visitante desconhecido.

– Então, supondo que "C.C.H." signifique "Charing Cross Hospital", que outras conclusões podemos tirar disso?

– Nenhuma se evidencia? Você conhece meus métodos. Use-os!

– A única conclusão óbvia à qual posso chegar é que o homem trabalhou na cidade antes de ir para o interior.

– Acho que podemos nos arriscar a ir um pouco mais longe do que isso. Olhe para a questão sob a seguinte perspectiva: em que ocasião seria mais provável que um presente como esse fosse oferecido? Quando seus amigos se reuniriam para lhe dar uma prova de seu apreço? Obviamente, no momento em que o Dr. Mortimer afastou-se do serviço no hospital, a fim de começar a trabalhar por conta própria. Sabemos que lhe foi dado um presente. Acreditamos que houve uma mudança de um hospital da cidade para um consultório no interior. Seria, então, muita especulação de nossa parte dizer que o presente lhe foi ofertado na ocasião da mudança?

– Com certeza, parece plausível.

– Agora, você deve notar que ele não poderia ter sido um membro da equipe do hospital, uma vez que, em Londres, apenas um homem bem estabelecido na profissão ocuparia essa posição, e um profissional desse nível não iria simplesmente mudar-se para o campo. Que cargo teria ele, então? Se estava no hospital, mas não fazia parte da equipe, só poderia ser um residente de cirurgia ou de clínica médica, pouco mais do que um estudante no final de sua formação. E saiu de lá há cinco anos; a data está na bengala. Portanto, sua teoria sobre um conceituado médico de família de meia-idade desaparece no ar, meu caro Watson, e surge um jovem com menos de 30 anos, amável, sem ambição, distraído e dono de um cachorro de estimação, que eu descreveria mais ou menos como sendo maior do que um terrier e menor do que um mastim.

Ri, incrédulo, enquanto Sherlock Holmes recostava-se no sofá, soprando pequenos anéis trêmulos de fumaça até o teto.

– Quanto à última parte, não tenho meios de comprová-la – eu disse –, mas pelo menos não é difícil descobrir algumas informações sobre a idade do homem e sua carreira profissional.

Em minha pequena prateleira de obras de Medicina, peguei o *Diretório médico* e encontrei o nome. Havia vários Mortimers, mas só um poderia ser o nosso visitante. Li sua ficha em voz alta: "Mortimer, James, M.R.C.S., 1882, Grimpen, Dartmoor, Devon. Residente de Cirurgia de 1882 a 1884, no Charing Cross Hospital. Vencedor do Prêmio Jackson de Patologia Comparada, com a dissertação intitulada *A doença é uma regressão?*. Membro correspondente da Sociedade Sueca de Patologia. Autor de 'Algumas anomalias do atavismo' (*Lancet*, 1882) e 'Nós progredimos?' (*Jornal de Psicologia*, março de 1883). Médico Titular das paróquias de Grimpen, Thorsley e High Barrow".

— Nenhuma menção àquele grupo de caça local, Watson — comentou Holmes, com um sorriso malicioso —, mas é um médico do interior, como você, muito astutamente, observou. Acho que minhas inferências foram razoavelmente confirmadas. Quanto aos adjetivos que usei (se me lembro bem, amável, sem ambição e distraído), de acordo com minha experiência, neste mundo apenas um homem amável recebe tributos, só um sem ambição troca uma carreira em Londres pelo campo, e só um distraído deixa sua bengala e não o seu cartão de visita, depois de esperar uma hora por alguém.

— E o cachorro?

— Está acostumado a carregar essa bengala atrás de seu dono. Como ela é pesada, o cão a segura bem firme, no meio, e as marcas de seus dentes estão muito claramente visíveis. Na minha opinião, a mandíbula do cão, como aparece no espaço entre essas marcas, é muito larga para um terrier e não suficientemente larga para um mastim. Pode ser... Sim, posso jurar: é um spaniel de pelos encaracolados.

Ele tinha se levantado e andava pela sala enquanto falava. Depois, parou no espaço em frente à janela. Seu tom de voz mostrava tanta convicção, que olhei para ele, surpreso.

— Meu caro colega, como é possível que você tenha tanta certeza disso?

— Pelo simples fato de eu estar vendo o cachorro nos degraus de nossa entrada, e aí está o som da campainha tocada por seu dono. Não saia daqui, por favor, Watson. Vocês são companheiros de profissão, e sua presença pode me ser útil. Agora é o momento dramático do destino, Watson, quando se ouve na escada o passo de alguém que está entrando em sua vida, e você não sabe se é para o bem ou para o mal.

O que o Dr. James Mortimer, o homem das ciências, quer de Sherlock Holmes, o especialista em crimes? Entre!

A aparência de nosso visitante foi uma surpresa para mim, já que tinha imaginado um típico médico do interior. Ele era muito alto, magro, com o nariz, longo como um bico, projetando-se entre os vivos olhos cinzentos, bem próximos um do outro e muito brilhantes atrás dos óculos de armação dourada. Estava vestido de forma profissional, mas bastante desleixada: a sobrecasaca estava encardida, e a calça, puída. Apesar de jovem, suas longas costas já eram curvadas, e ele andava com a cabeça à frente do corpo e um ar de benevolência curiosa. Ao entrar, seus olhos miraram a bengala na mão de Holmes, e ele correu na direção dela, com uma exclamação de alegria:

– Que felicidade! – comentou. – Não sabia se a tinha deixado aqui ou na companhia de navegação. Não perderia essa bengala por nada neste mundo!

– Um presente, percebi – respondeu Holmes.

– Sim, senhor.

– Do Charing Cross Hospital?

– De um ou dois colegas de lá, na ocasião de meu casamento.

– Ora, ora, que pena! – observou Holmes, balançando a cabeça.

Mortimer piscou por trás dos óculos com certa perplexidade.

– Pena por quê?

– Só porque o senhor atrapalhou nossas pequenas deduções. Seu casamento, disse?

– Sim, senhor. Eu me casei, então abandonei o hospital e, com isso, toda esperança de seguir carreira. Era necessário construir meu próprio lar.

– Bem, não estávamos tão enganados, afinal – concluiu Holmes. – E agora, Dr. James Mortimer...

– Senhor, "doutor" não, por favor: um humilde M.R.C.S.

– E um homem com uma mente precisa, evidentemente.

– Um amador das ciências, Sr. Holmes, um catador de conchas nas praias do grande oceano desconhecido. Assumo que é com o Sr. Sherlock Holmes que converso e não com...

– Não, este é meu amigo, Dr. Watson.

– É um prazer conhecê-lo, senhor. Já ouvi menções a seu nome, em conexão com seu amigo. Tenho grande interesse no senhor, Sr. Holmes. Não esperava de forma alguma um crânio tão dolicocefálico ou um desenvolvimento supraorbital tão pronunciado. Se importaria se eu passasse o dedo sobre sua fissura parietal? Uma escultura de seu crânio, senhor, enquanto o original não estiver disponível, seria uma bela aquisição para qualquer museu antropológico. Não quero ser impertinente, mas confesso que cobiço seu crânio.

Sherlock Holmes fez um sinal para que o estranho visitante se sentasse.

– Percebo que o senhor é um entusiasta em sua linha de raciocínio, como sou na minha – observou. – Noto, pelo seu dedo indicador, que enrola seus próprios cigarros. Fique à vontade para acender um.

O homem pegou papel e tabaco e enrolou um cigarro com uma destreza surpreendente. Tinha dedos longos e trêmulos, ágeis e inquietos como antenas de inseto.

Holmes permaneceu em silêncio, mas seus olhares rápidos e penetrantes evidenciavam o interesse que tinha por nosso curioso acompanhante.

– Presumo, senhor – ele disse, depois de um tempo –, que não foi com o mero objetivo de examinar meu crânio que tenha me dado a honra de sua visita ontem e, de novo, hoje.

– Não, senhor, não, apesar de estar contente por ter tido a oportunidade de fazer isso também. Vim procurá-lo, Sr. Holmes, porque reconheço que não sou um homem prático e porque, de repente, me vejo frente a um problema seríssimo e extraordinário. Sabendo, como sei, que o senhor é o segundo maior especialista na Europa...

– De fato, senhor? Posso perguntar quem tem a honra de ser o primeiro? – questionou Holmes, com certa rispidez.

– Para o homem de mente rigorosamente científica, o trabalho de Monsieur Bertillon deve ser extremamente atrativo.

– Então, não seria melhor consultá-lo?

– Eu disse para uma mente rigorosamente científica. Mas na prática, o senhor, reconhecidamente, é único. Espero, senhor, não ter... sem querer...

– Só um pouco – respondeu Holmes. – Acho, Dr. Mortimer, que seria mais sensato se o senhor, sem mais demora, fizesse a gentileza de me dizer abertamente qual é a natureza exata do problema para o qual requer minha ajuda.

Capítulo 2

A MALDIÇÃO DOS BASKERVILLE

– Trouxe um manuscrito no bolso – disse o Dr. James Mortimer.

– Observei, quando o senhor entrou na sala – interpelou Holmes.

– É um manuscrito antigo.

– Do início do século XVIII, se não for falso.

– Como o senhor pode saber disso?!

– O senhor deixou à mostra cerca de cinco centímetros dele, que eu examinei durante todo o tempo em que esteve falando. Só um *expert* medíocre não saberia dizer a data de um documento, com uma margem de aproximadamente uma década. Talvez tenha lido minha monografia sobre o assunto. Eu diria que esse é de 1730.

– A data exata é 1742. – Mortimer tirou o papel do bolso do casaco. – Este documento de família foi posto sob meus cuidados por Sir Charles Baskerville, cuja morte repentina e trágica, há uns três meses, causou muita comoção em Devonshire. Posso dizer que era seu amigo próximo, assim como seu médico. Ele era um homem de caráter forte, senhor, astuto, prático e tão pouco imaginativo quanto eu. Mas, de qualquer forma, levava este documento muito a sério, e sua mente estava preparada para o fim que finalmente o atingiu.

Holmes estendeu a mão para pegar o papel e o esticou sobre o joelho.

– Vai observar, Watson, o uso alternado do "S" longo e curto. Foi um dos vários indícios que me permitiram especificar a data.

Por cima de seu ombro, olhei para o papel amarelo e as letras desbotadas. No cabeçalho estava escrito "Baskerville Hall", e embaixo, com números grandes e mal traçados, "1742".

– Parece ser um tipo de declaração.

– Sim, é a narrativa sobre certa lenda que persegue a família Baskerville.

– Mas pensei que o senhor tivesse vindo me consultar sobre algo mais atual e prático.

– Muito atual. Um assunto extremamente prático e urgente, que precisa ser resolvido dentro de 24 horas. Mas o manuscrito é curto e intimamente ligado ao caso. Se me permite, vou ler para os senhores.

Holmes recostou-se na cadeira, uniu as pontas dos dedos e fechou os olhos com um ar de indulgência. Mortimer virou o manuscrito na direção da luz e leu, com voz alta e sibilante, o seguinte relato, estranho e antigo:

Desde a origem do cão de Baskerville, houve muitas narrativas, mas, como sou descendente direto de Hugo Baskerville e ouvi a história da boca de meu pai, que também a escutou do seu, eu a escrevi com total convicção de que ocorreu como relato a seguir. E gostaria que acreditassem, meus filhos, que a mesma justiça que pune o pecado também pode, misericordiosamente, perdoá-lo, e que nenhuma maldição é tão forte que não possa ser desfeita com oração e remorso. Aprendam, então, com esta história, a não temer os frutos do passado, mas, ao contrário, a ser cautelosos no futuro, para que essas paixões nocivas, pelas quais nossa família sofreu tanto, não sejam de novo libertadas, para nossa desgraça.

Saibam que, na época da Grande Rebelião (cuja história registrada pelo sábio Lorde Clarendon eu recomendo fervorosamente), a Mansão Baskerville era de propriedade de Hugo Baskerville, que, não é possível negar, era um homem muito impetuoso, profano e herege. Isso, na verdade, seus vizinhos poderiam ter perdoado, levando-se em conta que santos nunca floresceram por estas paragens; mas havia nele uma índole devassa e cruel que lhe rendeu fama por todo o Oeste. Acontece que o tal Hugo caiu de amores (se é que, de fato, se pode dar um nome tão brilhante a uma paixão tão doentia) pela filha de um pequeno fazendeiro, dono de terras próximas à propriedade dos Baskerville. Porém, a jovem donzela, discreta e de boa reputação, sempre o evitava, pois temia sua má fama. Deu-se, então, que em um Dia de São Miguel, esse Hugo, com cinco ou seis de seus vadios e perversos companheiros, invadiu a fazenda e levou a moça, aproveitando-se da ausência de seu pai e irmãos – já conhecida por ele. Levaram-na para a mansão, e ela foi colocada em um quarto no andar de cima, enquanto Hugo e seus amigos acomodaram-se para uma longa farra, como era seu costume noturno. Lá de cima, a pobre moça estava a ponto de ficar maluca com a cantoria, a gritaria e as terríveis obscenidades que lhe chegavam aos ouvidos, pois dizem que as palavras usadas por Hugo Baskerville, quando estava bêbado, eram capazes de fulminar o homem que as pronunciasse. Por fim, no auge do medo, ela fez o que intimidaria o mais corajoso ou ágil dos homens: com a ajuda da trepadeira que cobria (e ainda cobre) a parede sul, escapou pelo beiral do telhado até o chão e correu pelo pântano em direção à fazenda de seu pai, a quinze quilômetros da mansão.

Por azar, pouco depois Hugo deixou seus convidados para levar para sua prisioneira comida e bebida – e, talvez, coisas piores –, mas, encontrando a gaiola vazia, percebeu que o pássaro tinha fugido.

Com isso, como era de se esperar, ele pareceu possuído: correndo escada abaixo até o salão de jantar, saltou sobre a grande mesa, com os garrafões e as tábuas de trinchar voando em todas as direções, e gritou bem alto, diante de todo o grupo, que naquela mesma noite entregaria corpo e alma aos Poderes do Mal se não conseguisse agarrar a moça. E, enquanto os fanfarrões se horrorizavam com a fúria do homem, um deles, mais perverso ou talvez mais bêbado que os outros, gritou que deveriam soltar os cães atrás dela. Ouvindo isso, Hugo saiu correndo da casa, ordenando aos criados que selassem sua égua e soltassem a matilha. Em seguida, deu aos cães um lenço da jovem, lançando-os em seu rastro, e eles partiram pelo pântano, uivando ao luar.

Por algum tempo, os convivas ficaram boquiabertos, incapazes de entender tudo aquilo, que tinha acontecido tão rapidamente. Mas logo suas mentes confusas se deram conta da natureza do ato que estava para ser cometido no pântano. E tudo se transformou em um enorme tumulto: uns pediam suas pistolas; outros, seus cavalos; e outros, ainda, mais uma garrafa de vinho. Mas, no final, algum bom senso voltou às cabeças enlouquecidas, e todos, num total de treze, montaram e começaram a perseguição. A lua brilhava, clara, e o grupo cavalgou rapidamente, lado a lado, seguindo o caminho que a moça certamente teria tomado para chegar à própria casa.

Tinham percorrido três ou quatro quilômetros quando passaram por um dos pastores noturnos do pântano; gritaram, perguntando se o homem tinha visto a caça. Reza a história que o pastor estava tão apavorado que mal conseguia falar, mas, finalmente, disse que sim, que realmente tinha visto a infeliz donzela, com os cachorros em seu encalço.

– Mas vi mais do que isso – continuou ele. – Hugo Baskerville passou por mim em sua égua preta, e atrás dele corria, silencioso, um cão dos infernos, que espero nunca ter em meus calcanhares.

Com isso, os fidalgos bêbados amaldiçoaram o pastor e seguiram em frente. Pouco depois, porém, sentiram o sangue gelar: após ouvirem um galope pelo pântano, a égua preta, salpicada de espuma branca, passou por eles com as rédeas soltas e a sela vazia. Um medo terrível tomou conta dos fanfarrões, que passaram a cavalgar mais próximos uns dos outros; mesmo assim, seguiram pelo pântano, apesar de que, se cada um estivesse sozinho, teria preferido dar meia-volta no cavalo. Cavalgando devagar, na mesma formação, alcançaram finalmente os cães de caça. Embora famosos por sua bravura e raça, os animais ganiam, amontoados na beirada de um profundo declive – ou garganta, como dizemos –, alguns esgueirando-se e fugindo, outros com o pelo eriçado e os olhos arregalados fixos lá embaixo, no vale estreito diante deles.

O grupo, como se pode imaginar, mais sóbrio do que quando começara, tinha parado. A maioria se recusou a avançar, mas três deles – os mais corajosos, ou talvez os mais bêbados – seguiram cavalgando garganta abaixo. Ela se abria para um amplo espaço, onde havia duas grandes pedras, que ainda se encontram lá, assentadas ali por antigos e esquecidos povos. A lua brilhava forte sobre a clareira, e lá no centro estava a infeliz jovem, no lugar em que tinha caído, morta de medo e cansaço. Mas não foi a visão de seu corpo nem a do corpo de Hugo Baskerville, deitado perto dela, que deixou os três destemidos fanfarrões de cabelos arrepiados: de pé sobre Hugo, dilacerando sua garganta, havia uma coisa horrenda, uma grande fera negra, lembrando um cão, porém maior do que qualquer um já visto na face da Terra. Bem diante deles, a besta arrancou a garganta de Hugo Baskerville, e quando o animal os fitou com os olhos ardentes e as mandíbulas pingando sangue, os três berraram de pavor e fugiram gritando pelo pântano. Dizem que um deles morreu naquela mesma noite, em decorrência do pânico, e os outros dois viveram atormentados pelo resto de seus dias.

Essa, meus filhos, é a história que deu origem à lenda do tal cão que dizem vir, desde então, perseguindo tão cruelmente a família. Se a relato agora é porque o que se conhece claramente causa menos terror do que o insinuado e imaginado. Também não se pode negar que muitos membros da família tenham enfrentado mortes trágicas: súbitas, sangrentas e misteriosas. Ainda assim, vamos contar com a infinita bondade da Providência, que não há de punir para sempre os inocentes depois da terceira ou quarta geração, como ameaçado na Sagrada Escritura.[*] É a essa Providência,

---

[*] Há quem acredite que, segundo a Sagrada Escritura, Deus castiga o pecado de alguém na sua descendência, até a terceira e a quarta geração. (N.E.)

meus filhos, que confio vocês, e lhes aconselho, por cautela, que evitem cruzar o pântano nas horas escuras, quando as forças do mal são exaltadas.

[De Hugo Baskerville para seus filhos Rodger e John, com instruções para que nada disso seja revelado à sua irmã Elizabeth.]

Quando terminou de ler essa peculiar narrativa, Mortimer puxou os óculos para a testa e olhou para Sherlock Holmes. O detetive bocejou e jogou a ponta do cigarro na lareira.

– E então? – perguntou ele.

– Não lhe parece interessante?

– Para um colecionador de contos de fadas, sim.

Mortimer tirou do bolso um jornal dobrado.

– Agora, Sr. Holmes, vou lhe mostrar algo um pouco mais recente. Este é um exemplar do jornal *Devon County Chronicle* do dia 14 de maio deste ano. Um breve relato sobre as conclusões tiradas a partir da morte de Sir Charles Baskerville, ocorrida alguns dias antes dessa data.

Meu amigo inclinou-se para a frente, e sua expressão tornou-se atenta. Nosso visitante ajeitou os óculos e começou a ler.

DEVON COUNTY CHRONICLE

14 de maio

A recente e súbita morte de Sir Charles Baskerville, cujo nome foi cogitado como provável candidato liberal por Mid-Devon nas próximas eleições, cobriu de tristeza todo o condado. Apesar de ter residido na Mansão Baskerville por um período relativamente curto, o caráter amável e a extrema generosidade de Sir Charles conquistaram o afeto e o respeito de todos com os quais ele teve contato. Nestes tempos de *nouveaux riches*,* é um alívio encontrar um caso em que o herdeiro de uma antiga família do condado, que atravessou tempos difíceis, tenha sido capaz de fazer sua própria fortuna e trazê-la de volta para restaurar a grandeza arruinada de sua linhagem.

Sir Charles, como se sabe, acumulou grandes somas de dinheiro com especulações na África do Sul. Mais sensato do que os que continuaram a se arriscar até a sorte se voltar contra eles, reuniu seus ganhos e voltou para a Inglaterra. Faz apenas dois anos que estabeleceu residência na Mansão Baskerville, e todos comentam sobre a grandiosidade dos projetos de reconstrução e melhoria interrompidos pela sua morte. Não tendo filhos, era seu desejo – publicamente expresso – que toda a região usufruísse, ainda em seu tempo de vida, de seu sucesso financeiro, e muitos terão razões pessoais para lamentar sua morte prematura. Suas generosas doações para instituições de caridade locais e municipais eram frequentemente narradas nesta coluna.

Não se pode dizer que as circunstâncias relacionadas à morte de Sir Charles tenham sido totalmente esclarecidas pelo inquérito, mas, pelo menos, foi feito o suficiente para descartar os boatos provocados pela superstição local. Não há nenhuma razão para

---

* Novos ricos; em francês no original. (N.E.)

suspeitar de um crime, ou para imaginar que a morte poderia não ter sido por causas naturais. Sir Charles era viúvo e, pode-se dizer, um homem de hábitos excêntricos. Apesar da riqueza considerável, era simples em seus gostos pessoais, e sua criadagem na Mansão Baskerville consistia de um casal de sobrenome Barrymore: o marido trabalhando como mordomo, e a esposa, como governanta. O depoimento dos dois, corroborado pelo de vários amigos, indica que a saúde de Sir Charles já vinha se deteriorando há algum tempo, apontando especialmente para uma doença do coração, que se manifestava em mudanças de cor, falta de ar e ataques agudos de depressão nervosa. O Dr. James Mortimer, amigo e médico do falecido, prestou depoimento semelhante.

"Os fatos são simples. Sir Charles Baskerville tinha o hábito de toda noite, antes de ir para a cama, caminhar pela famosa Alameda dos Teixos da Mansão Baskerville. O testemunho dos Barrymore confirma esse costume. Em 4 de maio, Sir Charles tinha anunciado a intenção de partir para Londres no dia seguinte e ordenado a Barrymore que preparasse sua bagagem. Naquela noite, como sempre, ele saiu para sua caminhada noturna, ao longo da qual tinha o hábito de fumar um charuto. Nunca mais voltou para a casa. À meianoite, Barrymore encontrou a porta do corredor ainda aberta, ficou alarmado e, acendendo uma lanterna, saiu em busca de seu mestre. O dia tinha sido chuvoso, e as pegadas de Sir Charles estavam bastante visíveis na alameda. No meio do caminho há um portão que dá para o pântano. Havia indícios de que Sir Charles se detivera ali por algum tempo. O mordomo prosseguiu pela alameda, e, na outra extremidade, o corpo foi encontrado.

"Um fato não explicado é a declaração de Barrymore de que as pegadas de seu mestre se modificaram depois do portão para o pântano: dali em diante, ele parecia ter andado na ponta dos pés. Um certo Murphy, cigano e comerciante de cavalos, rondava pelo pântano, não muito distante dali; mas, de acordo com seu próprio depoimento, estava bem embriagado. Ele diz ter ouvido gritos, embora seja incapaz de afirmar de que direção vinham. Não havia sinais de violência no corpo de Sir Charles, e, apesar de o testemunho do médico registrar uma impressionante distorção facial – tão intensa que, de início, o Dr. Mortimer se recusou a acreditar que aquele era realmente seu amigo e paciente –, explicou-se que isso é um sintoma comum em casos de dispneia e morte por insuficiência cardíaca. Tal explicação foi confirmada pela autópsia, que indicou uma doença crônica de longa data, e o júri chegou a um veredito de acordo com a evidência médica. Melhor assim, pois é obviamente da maior importância que o herdeiro de Sir Charles se instale na mansão e dê continuidade ao seu excelente trabalho, interrompido de forma tão triste. Se a prosaica conclusão do legista não tivesse colocado um ponto final nas especulações românticas sobre o caso, poderia ter sido difícil encontrar um inquilino para a Mansão Baskerville. Pelo que se sabe, o parente mais próximo é Sir Henry Baskerville, se ainda estiver vivo, filho do irmão mais novo de Sir Charles Baskerville. A última notícia que se tinha do jovem era que estava na América, e buscas estão sendo feitas com o intuito de informá-lo sobre sua boa fortuna."

O Dr. Mortimer dobrou novamente o jornal e o guardou no bolso.

— Esses são os fatos de conhecimento público, Sr. Holmes, relacionados à morte de Sir Charles Baskerville.

— Devo agradecer-lhe — disse Sherlock Holmes — por chamar minha atenção para um caso que com certeza apresenta algumas características interessantes. Na época, li comentários no jornal, mas estava preocupado demais com o caso dos camafeus do Vaticano e, ansioso por atender ao Papa, não acompanhei vários casos ingleses intrigantes. Esse artigo, o senhor diz, contém todos os fatos vindos a público?

— Exato.

— Então, conte-me sobre os privados. — Recostou-se na cadeira, uniu as pontas dos dedos e assumiu sua expressão mais impassível e judiciosa.

— Ao fazer isso — começou Mortimer, que já mostrava sinais de intensa emoção —, revelarei fatos que não contei a ninguém. Meu motivo para ocultá-los do inquérito do legista é que a um homem da ciência não agrada expor-se à opinião pública parecendo endossar uma superstição popular. Além disso, meu principal medo era que a Mansão Baskerville, como diz o jornal, permanecesse desocupada, caso surgisse alguma coisa para piorar ainda mais sua reputação, já bastante sombria. Por essas razões, pensei estar fazendo o certo ao dizer menos do que sabia, uma vez que nenhum benefício prático surgiria disso; mas, com o senhor, não há nenhum motivo para não ser totalmente sincero.

"O pântano é pouco habitado, e aqueles que vivem perto uns dos outros acabam se tornando muito próximos. Por essa razão, eu via Sir Charles Baskerville com bastante frequência. Com exceção do Sr. Frankland, da Mansão Lafter, e do Sr. Stapleton, o naturalista, não há outros homens cultos em um raio de muitos quilômetros. Sir Charles era um homem reservado, mas as circunstâncias de sua doença nos uniram, e o interesse comum pela ciência nos manteve assim. Ele tinha trazido muita informação científica da África do Sul, e passamos juntos várias noites agradáveis, discutindo a anatomia comparativa dos bosquímanos e dos hotentotes. Nos últimos meses, tornara-se cada vez mais evidente, para mim, que Sir Charles estava à beira de um colapso nervoso. Ele tinha levado extremamente a sério essa lenda que acabei de ler – tanto que, embora andasse em suas próprias terras, jamais iria até o pântano à noite. Por incrível que pareça, Sr. Holmes, ele estava verdadeiramente convencido de que um destino terrível pairava sobre sua família, e sem dúvida os casos que contava sobre seus antepassados não eram animadores. A ideia de uma entidade sinistra o assombrava constantemente, e, em mais de uma ocasião, perguntou se eu, nas minhas visitas médicas noturnas, já tinha visto alguma criatura estranha ou ouvido o uivo de um cão. Essa última pergunta ele me fez várias vezes, e sempre com a voz tomada pela emoção.

"Lembro-me bem de uma noite, cerca de três semanas antes do evento fatal, quando me dirigia à sua casa. Por acaso, ele estava na porta de entrada. Eu tinha descido do meu coche e estava em pé, à sua frente, quando vi seus olhos se fixarem, com grande terror, num ponto atrás de mim. Virei-me e só tive tempo de ver, de relance, algo que parecia um grande novilho preto passando no alto da estrada. Sir Charles estava tão nervoso e alarmado, que me senti obrigado a ir até o local onde o animal tinha passado e procurar por ele. No entanto, não encontrei nada, mas o incidente pareceu causar uma péssima impressão na mente de meu amigo. Fiquei com ele toda a noite, e foi nessa ocasião, para explicar seu abalo, que ele me confidenciou a narrativa que li para os senhores quando cheguei. Menciono esse pequeno episódio porque ele assume alguma importância, tendo em vista a tragédia que se seguiu, mas eu estava convencido, naquele momento, de que o assunto era inteiramente trivial e que sua comoção não tinha nenhuma justificativa.

"Foi a meu conselho que Sir Charles estava prestes a ir para Londres. Como eu sabia, seu coração estava fraco, e a ansiedade constante em que vivia, por mais irreal que fosse a causa, estava tendo, visivelmente, um efeito devastador sobre sua saúde. Achei que alguns meses em meio às distrações da cidade fariam dele um novo homem. O Sr. Stapleton, um amigo em comum também muito preocupado com seu estado de saúde, era da mesma opinião. No último instante, aconteceu essa terrível catástrofe.

"Na noite da morte de Sir Charles, Barrymore, o mordomo, que encontrou o corpo, mandou o criado Perkins me chamar, e, como eu estava acordado até tarde, consegui chegar à Mansão Baskerville dentro de uma hora após o evento. Verifiquei e confirmei todos os fatos mencionados no inquérito. Segui os passos pela Alameda dos Teixos, vi o lugar perto do portão para o pântano, onde ele parecia ter esperado, observei a mudança na forma das pegadas depois desse ponto, notei que não havia outras pegadas no cascalho macio, exceto as de Barrymore, e, finalmente, examinei cuidadosamente o corpo, que não tinha sido tocado até minha chegada. Sir Charles estava de bruços, com os braços abertos e os dedos cravados no chão, com feições tão distorcidas por alguma emoção muito forte, que mal pude confirmar sua identidade. Com certeza, não havia qualquer sinal de agressão física. Mas Barrymore fez uma declaração errada durante o inquérito. Ele disse que não havia rastros sobre a terra, em volta do corpo. Ele não reparou, mas eu, sim: a uma pequena distância, mas recentes e nítidos."

– Pegadas?

– Pegadas.

– De homem ou de mulher?

Por um instante, Mortimer olhou com estranheza para nós, e sua voz se transformou em um quase sussurro:

– Sr. Holmes, eram pegadas de um cão gigante!

Capítulo 3

O PROBLEMA

Confesso que, ao ouvir essas palavras, senti um calafrio. Uma vibração na voz do médico mostrava que ele mesmo estava profundamente comovido com o que acabara de contar. Holmes se inclinou para a frente, animado, e seus olhos tinham o brilho áspero e seco que surgia sempre que seu interesse era aguçado.

— O senhor viu isso?

— Tão claramente quanto o vejo agora.

— E não disse nada?

— Para quê?

— E como é possível que mais ninguém tenha visto essas pegadas?

— Elas estavam a uns vinte metros do corpo, e ninguém prestou atenção nelas. Acho que também não teria reparado, se não conhecesse essa lenda.

— Há muitos cães pastores no pântano?

— Com certeza, mas aquilo não era um cão pastor.

— O senhor quer dizer que era grande demais.

— Enorme.

— Mas as pegadas não chegavam até o corpo?

— Não.

– Como estava aquela noite?

– Úmida e fria.

– Mas não estava chovendo?

– Não.

– Como é a alameda?

– Há uma fileira de velhos teixos de cada lado, formando uma cerca impenetrável. O caminho central tem aproximadamente dois metros e meio de largura.

– Há alguma coisa entre os teixos e o caminho?

– Sim, de cada lado há uma faixa de grama de cerca de dois metros.

– Pelo que entendi, em determinado ponto há um portão na cerca de teixos, certo?

– Sim, o portão que leva ao pântano.

– Há alguma outra entrada?

– Nenhuma.

– Sendo assim, as únicas maneiras de se chegar à Alameda dos Teixos são pela casa ou por esse portão?

– Há uma saída por uma casa de verão, na outra extremidade.

– Sir Charles tinha chegado até lá?

– Não, foi encontrado a cerca de 45 metros de lá.

– Diga-me, Dr. Mortimer, e isso é muito importante: as pegadas que o senhor viu estavam no caminho, não na grama?

– Não, seria impossível ver pegadas na grama.

– Elas estavam do mesmo lado do caminho em que fica o portão para o pântano?

– Sim, estavam na beirada do caminho, no mesmo lado do portão para o pântano.

– O que o senhor me diz é muito interessante. Outra coisa: o portão estava fechado?

– Fechado a cadeado.

– Qual é a altura dele?

– Pouco mais de um metro.

– Então, qualquer pessoa poderia ter pulado?

– Certo.

– E que marcas foram encontradas perto do portão?

– Nenhuma em especial.

– Não é possível! Ninguém examinou o local?

– Sim, eu mesmo examinei.

– E não encontrou nada?

– Tudo estava muito confuso. Era evidente que Sir Charles tinha ficado parado ali por cinco ou dez minutos.

– Como o senhor sabe disso?

– Porque cinzas tinham caído de seu charuto duas vezes.

– Excelente! Estamos lidando com um colega, Watson, e dos melhores. Mas... e pegadas?

– Ele deixou suas próprias pegadas por toda aquela área de cascalho. Não consegui identificar mais nenhuma.

Sherlock Holmes bateu a mão no joelho, em um gesto de impaciência.

– Se ao menos eu tivesse estado lá! – gritou. – É evidente que se trata de um caso de extremo interesse, que apresentava imensas oportunidades para um perito científico. Essa página de cascalho, na qual eu poderia ter lido tanta coisa, há muito foi manchada pela chuva e desfigurada pelos tamancos dos camponeses curiosos. Oh, Dr. Mortimer, Dr. Mortimer, pensar que o senhor deveria ter me chamado! O senhor tem, de fato, muito a esclarecer.

– Não podia chamá-lo, Sr. Holmes, sem expor esses fatos para o mundo, e já expliquei os motivos pelos quais não queria fazer isso. Além disso... Além disso...

– Por que tanta hesitação?

– É uma área na qual mesmo o mais astuto e experiente dos detetives fica impotente.

– O senhor quer dizer que se trata de algo sobrenatural?

– Não foi o que afirmei.

– Não, mas sem dúvida foi o que pensou.

– Desde a tragédia, Sr. Holmes, fiquei sabendo de vários incidentes difíceis de ser combinados com a ordem estabelecida pela natureza.

– Por exemplo?

– Parece que, antes do terrível evento ocorrer, várias pessoas tinham visto no pântano uma criatura que corresponde a esse demônio de Baskerville, o qual não poderia ser nenhum animal conhecido pela ciência. Todos concordaram que era uma criatura enorme, luminosa, medonha e fantasmagórica. Interroguei esses homens: um camponês cabeça-dura, um ferreiro e um agricultor do pântano; todos contam a mesma história da terrível aparição, que corresponde exatamente ao cão infernal da lenda. Garanto-lhes que o terror reina no distrito, e que só um homem muito corajoso atravessaria o pântano à noite.

– E o senhor, um experiente homem das ciências, acredita ser algo sobrenatural?

– Não sei no que acreditar.

Holmes deu de ombros.

– Até agora, dediquei minhas investigações a este mundo – disse. – De uma forma modesta, tenho combatido o Mal, mas enfrentar o próprio Pai do Mal seria, talvez, uma tarefa ambiciosa demais. No entanto, o senhor deve admitir que a pegada é bastante material.

– O cão original era material o suficiente para dilacerar a garganta de um homem, mas também era diabólico.

– Vejo que passou para o lado dos sobrenaturalistas. Mas diga-me, Dr. Mortimer, se sustenta esses pontos de vista, por que veio me consultar? O senhor me diz, ao mesmo tempo, que é inútil investigar a morte de Sir Charles e que deseja que eu o faça.

– Não disse que desejo que o faça.

– Então, como posso ajudá-lo?

– Aconselhando-me sobre o que devo fazer com Sir Henry Baskerville, que chega à Estação Waterloo – olhando para seu relógio – em exatos 75 minutos.

– Ele é o herdeiro?

– Sim. Depois da morte de Sir Charles, procuramos por esse jovem e descobrimos que era fazendeiro no Canadá. De acordo com os relatos que nos chegaram, é uma excelente pessoa, em todos os sentidos. Não falo como médico, mas como administrador e executor do testamento de Sir Charles.

– Imagino que não haja outros pretendentes à herança...

– Nenhum. O único outro parente que conseguimos rastrear foi Rodger Baskerville, o caçula de três irmãos, dos quais o pobre Sir Charles era o mais velho. O segundo irmão, que morreu jovem, é o pai desse rapaz, Henry. O terceiro, Rodger, era a ovelha negra da família. Era da antiga estirpe dominadora dos Baskerville e, dizem, a cópia exata do velho Hugo na foto de família. A Inglaterra tornou-se um lugar perigoso demais para ele, então fugiu para a América Central e lá morreu de febre amarela em 1876. Henry é o último dos Baskerville. Em uma hora e cinco minutos, vou encontrá-lo na estação de Waterloo. Recebi um telegrama, avisando que ele chegou a Southampton nesta manhã. Então, Sr. Holmes, o que me aconselha a fazer com ele?

– Por que ele não deveria ir para a casa de seus antepassados?

– Seria o natural, não é? No entanto, não se esqueça de que todo Baskerville que vai para lá encontra um destino sinistro. Tenho certeza de que, se Sir Charles pudesse ter conversado comigo antes da sua morte, teria me aconselhado a não levar àquele lugar mortal esse rapaz, o último da antiga linhagem e o herdeiro de uma grande fortuna. Por outro lado, não se pode negar que a prosperidade de toda aquela região pobre e desolada depende de sua presença ali. Todo o excelente trabalho feito por Sir Charles vai ruir, se não houver um habitante na mansão. Receio não ser isento o suficiente, por causa do meu óbvio interesse na questão, e é por isso que trago o caso ao senhor e peço seu conselho.

Holmes refletiu por um tempo.

– Em outras palavras, a questão é que – concluiu –, na sua opinião, há uma força diabólica que torna Dartmoor uma residência perigosa para um Baskerville. É isso que pensa?

– Pelo menos, devo admitir que existem evidências disso.

– Exatamente. Mas, sem dúvida, se sua teoria sobrenatural estiver correta, o mal poderia facilmente ser feito ao jovem tanto em Londres quanto em Devonshire. Um diabo com poderes meramente locais, como um conselho paroquial, seria inconcebível demais.

– O senhor trata a questão com mais irreverência, Sr. Holmes, do que provavelmente faria se tivesse tido contato pessoal com essas coisas. Sua opinião, então, se bem entendo, é que o jovem estará tão seguro em Devonshire quanto em Londres. Ele chega em cinquenta minutos. O que o senhor recomendaria?

– Sugiro que chame um táxi, pegue seu spaniel, que está arranhando minha porta, e siga para a Estação Waterloo, para encontrar Sir Henry Baskerville.

– E então?

– Então, não lhe diga nada, até que eu tome uma decisão sobre o assunto.

– Quanto tempo isso levará?

– Vinte e quatro horas. Ficaria muito grato, Dr. Mortimer, se voltasse aqui às 10h de amanhã, e trouxesse Sir Henry Baskerville: ele vai ser de grande ajuda para mim em meus planos para o futuro.

– Farei isso, Sr. Holmes.

Anotou o compromisso no punho da camisa e saiu apressado, com seu jeito estranho, curioso e distraído. Holmes o deteve no alto da escada.

– Uma última pergunta, Dr. Mortimer: o senhor disse que, antes da morte de Sir Charles Baskerville, várias pessoas viram essa criatura no pântano, certo?

– Sim, três pessoas.

– E depois da tragédia?

– Não ouvi nenhum relato.

– Obrigado. Bom dia.

Holmes voltou para sua poltrona com o típico olhar de satisfação interior, que significava que tinha surgido uma tarefa à sua altura.

– Vai sair, Watson?

– A não ser que precise de minha ajuda.

– Não, meu caro, é na hora de agir que conto com sua ajuda. Mas esse caso é esplêndido, realmente peculiar de alguns pontos de vista. Quando passar por Bradley, poderia pedir que me enviasse meio quilo do mais forte tabaco? Obrigado. Também seria conveniente se você não retornasse antes do anoitecer, quando adoraria comparar nossas impressões sobre esse problema tão interessante que nos foi apresentado nesta manhã.

Eu sabia que isolamento e solidão eram muito necessários ao meu amigo nas horas de intensa concentração, durante as quais pesava cada partícula das provas, construía teorias alternativas, contrapunha uma à outra e decidia quais pontos eram essenciais e quais eram imateriais. Por isso, passei o dia no meu clube e não retornei a Baker Street até a noite. Eram quase 21h quando voltei à sala de estar.

Minha primeira impressão, ao abrir a porta, foi que havia um incêndio, pois a sala estava tão cheia de fumaça, que a luz do abajur sobre a mesa ficou turva. No entanto, quando entrei, tranquilizei-me: era apenas a fumaça acre de tabaco grosseiro e forte, que me invadiu a garganta, fazendo-me tossir. Através da neblina, tive uma vaga visão de Holmes em seu roupão, encolhido em uma poltrona, com o cachimbo preto de barro na boca. Vários rolos de papel espalhavam-se em torno dele.

– Pegou um resfriado, Watson? – perguntou.

– Não, é esta atmosfera envenenada.

– É, percebo que está bem densa, agora que você mencionou.

– Densa? Está insuportável!

– Abra a janela, então! Passou o dia inteiro no seu clube, presumo.

– Meu caro Holmes!

– Estou certo?

– Claro, mas como sabe?

Ele riu de minha expressão de espanto.

– Você é de uma ingenuidade adorável, Watson, o que torna um prazer exercitar todas as pequenas habilidades que possuo às suas custas. Um cavalheiro sai em um dia chuvoso e lamacento e volta, à noite, imaculado, com o chapéu e as botas ainda brilhando. Evidentemente, ficou em um ambiente fechado o dia todo. Não é um homem com amigos íntimos. Onde, então, poderia ter estado? Não é óbvio?

– Bem, é bastante óbvio.

– O mundo é cheio de coisas óbvias que ninguém jamais observa. Onde acha que estive?

– Dentro de casa também.

– Ao contrário. Fui a Devonshire.

– Em pensamento?

– Exatamente. Meu corpo permaneceu nesta poltrona e, na minha ausência, lamento observar, consumiu dois grandes potes de café e uma quantidade incrível de tabaco. Depois que você saiu, mandei buscar em Stamford um mapa topográfico daquela parte do pântano, e meu espírito vagou sobre ele durante todo o dia. Posso orgulhar-me de ter conseguido me orientar muito bem.

– Um mapa de grande escala, imagino.

– Muito grande. – Desenrolou uma parte e estendeu-a sobre os joelhos. – Aqui está o distrito específico que nos interessa. A Mansão Baskerville se encontra no centro dele.

– Com um bosque ao redor?

– Exatamente. Imagino que a Alameda dos Teixos, embora não esteja marcada com esse nome, deve se estender ao longo desta linha, com o pântano à direita, como pode perceber. Este pequeno grupo de edificações aqui é o povoado de Grimpen, onde nosso amigo, Dr. Mortimer, reside. Em um raio de oito quilômetros, como vê, há apenas algumas poucas habitações dispersas. Esta é a Mansão

Lafter, mencionada na narrativa. Há uma casa indicada aqui que pode ser a residência do naturalista, Stapleton; se minha memória não falha, esse é o nome dele. Aqui estão duas fazendas pantaneiras, High Tor e Foulmire. A cerca de vinte quilômetros de distância, fica a grande prisão de Princetown. Entre esses pontos isolados e ao redor deles, estende-se o pântano sem vida e desolado. Este é, portanto, o palco onde a tragédia aconteceu, e onde, com nossa ajuda, pode ser reencenada.

– Deve ser um local selvagem.

– Com certeza. O cenário é bem propício: se o diabo realmente deseja interferir nos assuntos dos seres humanos...

– Então, até você está inclinado a aceitar a explicação sobrenatural.

– Os agentes do diabo podem ser de carne e osso, não é mesmo? De início, há duas perguntas a serem respondidas. A primeira é se algum crime foi realmente cometido; a segunda é: qual foi o crime e como foi cometido? Claro, se a suposição do Dr. Mortimer estiver correta, e estivermos lidando com forças que escapam às leis normais da natureza, será o fim de nossa investigação. Mas devemos esgotar todas as hipóteses prováveis antes de recorrer a essa. Vamos fechar a janela novamente, se não se importa. É uma coisa estranha, mas acho que uma atmosfera concentrada ajuda a focar o pensamento. Ainda não cheguei ao ponto de entrar em uma caixa para pensar, mas seria o resultado lógico das minhas convicções. Pensou sobre o caso?

– Sim, refleti bastante sobre ele ao longo do dia.

– E a que conclusão chegou?

– É muito intrigante.

– Com certeza, trata-se de um caso muito peculiar. Há alguns pontos que chamam a atenção. Aquela mudança nas pegadas, por exemplo. O que acha daquilo?

– Mortimer disse que o homem tinha andado na ponta dos pés a partir daquele ponto da alameda.

– Ele só repetiu o que algum idiota disse durante o inquérito. Por que um homem andaria na ponta dos pés em uma alameda?

– Como explicaria as pegadas, então?

– Ele estava correndo, Watson. Correndo desesperado, correndo para salvar sua vida, correndo, até que seu coração não aguentou e ele caiu morto, de cara no chão.

– Correndo de quê?

– Aí é que está nosso problema. Há indícios de que o homem estava apavorado antes de começar a correr.

– Como pode saber disso?

– Presumo que o que lhe causou medo veio do pântano. Se assim for, o que parece mais provável, apenas um homem desesperado teria corrido na direção oposta à da casa. Se o depoimento do cigano pode ser tomado como verdadeiro, ele correu, gritando por socorro, na direção onde era menos provável existir ajuda. Além disso, quem ele esperava naquela noite, e por que estava esperando na Alameda dos Teixos, e não em sua própria casa?

– Acha que estava esperando alguém?

– O homem era idoso e doente. Podemos compreender sua vontade de dar um passeio à noite, mas o chão estava úmido, e a noite, muito fria. Seria natural que ficasse parado por cinco ou dez minutos, como o Dr. Mortimer, com mais senso prático do que imaginaria, deduziu a partir das cinzas de charuto?

– Mas ele passeava toda noite.

– Acho improvável que se demorasse no portão do pântano todas as noites. Pelo contrário, a evidência é de que ele evitava o pântano. Naquela noite, esperou lá. Era a noite anterior à sua partida para Londres. A história toma forma, Watson. Torna-se coerente. Pode me passar meu violino? Vamos adiar qualquer outro raciocínio sobre o caso até que tenhamos a oportunidade de encontrar o Dr. Mortimer e Sir Henry Baskerville, pela manhã.

Capítulo 4

SIR HENRY BASKERVILLE

Nosso café da manhã foi recolhido cedo, e Holmes esperou, de roupão, pela entrevista marcada.

Nossos clientes chegaram pontualmente, pois o relógio acabara de bater 10h quando o Dr. Mortimer apareceu, seguido pelo jovem barão. Sir Henry era um homem pequeno, atento, de olhos escuros. Aparentava cerca de 30 anos de idade, e tinha uma compleição robusta, sobrancelhas pretas grossas e um rosto forte e irritadiço. Usava um terno de *tweed* avermelhado e tinha uma aparência castigada pelo tempo, como alguém que passou a maior parte da vida ao ar livre, e ainda havia algo em seu olhar determinado e na firmeza serena de seu porte que indicava um cavalheiro.

– Apresento-lhes Sir Henry Baskerville – anunciou Mortimer.

– Prazer – começou o barão. – É estranho, Sr. Holmes, que se meu amigo aqui não tivesse proposto visitá-lo hoje, eu teria vindo por minha própria conta. Sei que desvenda pequenos enigmas, e, esta manhã, enfrentei um que requer um raciocínio além da minha capacidade.

– Por favor, sente-se, Sir Henry. Devo entender que o senhor mesmo passou por alguma experiência fora do comum desde que chegou em Londres?

– Nada muito importante, Sr. Holmes. Aparentemente, só uma brincadeira. Foi esta carta, se é que pode ser chamada assim, que me foi entregue esta manhã.

Pôs um envelope na mesa, e todos nos inclinamos para examiná-lo. Era de qualidade comum e cor acinzentada. O destinatário, "Sir Henry Baskerville, Hotel Northumberland", estava escrito com uma caligrafia grosseira; o carimbo do correio era de Charing Cross, e a data da postagem era a noite anterior.

– Quem sabia que o senhor iria se hospedar no Hotel Northumberland? – perguntou Holmes, lançando um olhar penetrante a nosso visitante.

– Seria impossível alguém saber. Só decidimos isso depois que me encontrei com o Dr. Mortimer.

– Mas o Dr. Mortimer com certeza já estava hospedado lá.

– Não, eu estava na casa de um amigo – explicou o doutor. – Não havia nenhuma indicação de que nos hospedaríamos nesse hotel.

– Hum... Alguém parece estar muito interessado em seus movimentos.

De dentro do envelope, Holmes tirou meia folha de papel almaço, dobrada em quatro, que abriu e estendeu sobre a mesa. No centro dela, uma única frase, formada por meio de colagem de palavras impressas, dizia: "Se você dá valor a sua vida ou a sua sanidade mental, deve se manter longe do pântano". Só a palavra "pântano" tinha sido escrita à tinta.

– Então – começou Sir Henry Baskerville –, talvez possa me dizer, Sr. Holmes, que diabos isso significa e quem está tão interessado em minha vida.

– O que acha disso, Dr. Mortimer? Tem de admitir que não há nada de sobrenatural neste envelope.

– Não, senhor, mas pode perfeitamente ter vindo de alguém que acredita que o caso é sobrenatural.

– Que caso? – interrompeu Sir Henry. – Parece que todos os senhores sabem bem mais do que eu sobre meus próprios interesses...

– Vai ficar a par de tudo o que sabemos antes de deixar esta sala, Sir Henry. Prometo-lhe – esclareceu Sherlock Holmes. – Por enquanto, se nos permite, vamos nos concentrar neste documento extremamente interessante, que deve ter sido produzido e postado ontem à noite. Você tem o *Times* de ontem, Watson?

– Está aqui no canto.

– Se importaria de pegar para mim a página de dentro, por favor, com as matérias principais? – Passou os olhos pelo jornal, examinando as colunas de cima a baixo. – Artigo interessante, este aqui sobre livre comércio. Permitam-me ler um trecho. "Você deve estar se enganando e pensando que sua própria atividade comercial ou sua própria indústria serão estimuladas por uma tarifa protecionista, mas, se estiver com sua sanidade mental intacta, verá que essa legislação irá, a longo prazo, diminuir o valor de nossas importações e manter longe do país a riqueza que o comércio exterior hoje nos dá, reduzindo as condições gerais de vida nesta ilha." O que acha disso, Watson? – gritou Holmes, animado, esfregando as mãos com satisfação. – Não é uma opinião admirável?

O Dr. Mortimer olhou para Holmes com um ar de interesse profissional, e Sir Henry Baskerville olhou para mim, intrigado.

– Não entendo muito de tarifas e coisas do gênero – disse ele –, mas me parece que nos afastamos um pouco do assunto, no que diz respeito ao bilhete.

– Ao contrário, Sir Henry, acho que estamos muito próximos do que interessa. Meu amigo Watson sabe mais sobre meus métodos do que o senhor, mas temo que mesmo ele não tenha compreendido a importância dessa frase.

– É verdade, confesso que não vejo nenhuma conexão.

– No entanto, meu caro Watson, a conexão é tão clara: um foi extraído do outro. "Você", "sua", "sua", "vida", "razão", "valor", "manter longe do"... Não veem agora de onde essas palavras foram tiradas?

– Claro, o senhor tem razão! Muito esperto! – gritou Sir Henry.

– E, se ainda existia alguma dúvida, é desfeita pelo fato de as palavras "manter longe do" terem sido cortadas em um só pedaço.

– Bem... é verdade!

– Francamente, Sr. Holmes, isso supera qualquer coisa que eu pudesse ter imaginado – exclamou o Dr. Mortimer, olhando com espanto para meu amigo. – Poderia compreender que alguém dissesse que as palavras foram tiradas de um jornal; mas dar o nome do jornal e ainda acrescentar que vieram da matéria principal é realmente uma das coisas mais notáveis que já vi. Como fez isso?

– Imagino, doutor, que o senhor saberia diferenciar o crânio de um negro do de um esquimó.

– Com certeza.

– Mas como?

– Porque é meu *hobby* predileto. As diferenças são óbvias. A saliência supraorbital, o ângulo facial, a curva maxilar, o...

– Pois este é o meu *hobby* favorito, e as diferenças são igualmente evidentes. Aos meus olhos, há tanta diferença entre a tipologia burguesa de um artigo do *Times* e a impressão desleixada de um diário barato quanto entre os crânios de um negro e de um esquimó. A identificação tipológica é um dos ramos de conhecimento mais elementares para o perito criminal especializado, embora deva confessar que uma vez, quando era muito jovem, confundi o jornal *Leeds Mercury* com o *Western Morning News*. Mas um editorial do *Times* é inconfundível, e essas palavras só poderiam ter sido tiradas dali. Como o bilhete foi feito ontem, a maior probabilidade era de que deveríamos encontrar as palavras na edição de ontem.

– Então, se sou capaz de entender seu raciocínio, Sr. Holmes – interveio Sir Henry Baskerville –, alguém recortou essa mensagem com uma tesoura...

– Tesourinha de unha – completou Holmes. – Vê-se que as lâminas da tesoura eram bem curtas, pois o sujeito teve de fazer dois cortes sobre as palavras "manter longe do".

– Isso mesmo. Alguém recortou a mensagem com uma tesoura de lâminas curtas, fixou-a no papel com cola...

– Goma arábica* – acrescentou Holmes.

– Com goma arábica. Mas gostaria de saber por que a palavra "pântano" foi escrita à tinta.

– Porque ela não foi encontrada no jornal. Todas as outras palavras eram simples e poderiam ser encontradas em qualquer edição, mas "pântano" é bem menos comum.

– Verdade, claro; isso explicaria a diferença. Conseguiu notar mais alguma peculiaridade na mensagem, Sr. Holmes?

– Há um ou dois indícios, apesar de ter sido tomado um cuidado extremo para remover todas as pistas. O endereço, como podem ver, foi escrito em caracteres grosseiros.

---

* Tipo de cola caseira, em geral usada em trabalhos manuais e artesanato. (N.E.)

Mas o *Times* é um jornal raramente lido por pessoas que não tenham uma educação de qualidade. Portanto, podemos entender que a caligrafia é de um homem culto que desejava se passar por ignorante, e seu esforço para esconder a própria escrita sugere que sua caligrafia pode ser ou vir a ser conhecida por você. Além disso, observem que as palavras não foram coladas em linha reta e que algumas estão muito mais elevadas do que outras. "Vida", por exemplo, está completamente fora de seu devido lugar. Isso pode apontar para descuido ou para agitação e pressa por parte do autor. No geral, me inclinaria para a segunda hipótese, uma vez que o assunto era, evidentemente, importante, e é improvável que o autor de tal carta fosse descuidado. Se estava agitado, nos vemos diante de uma questão interessante: por que ele estaria com pressa, já que qualquer carta postada até as primeiras horas da manhã seguinte teria chegado a Sir Henry antes de ele deixar seu hotel? Será que temia ser interrompido? E por quem?

— Agora já estamos entrando no terreno da especulação — observou Mortimer.

— Eu diria, em vez disso, que entramos em um terreno onde ponderamos as probabilidades e escolhemos a mais plausível. É o uso científico da imaginação, mas sempre temos alguma base material na qual fundamentar nossa especulação. Agora, você diria que é adivinhação, sem dúvida, mas estou quase certo de que esse endereço foi escrito em um hotel.

— E como pode saber disso?

— Se observar atentamente, verá que tanto a caneta quanto a tinta causaram problemas para o escritor. A caneta falhou duas vezes em uma única palavra e secou três vezes em um endereço curto, mostrando que havia pouca tinta no vidro. Ora, raramente alguém deixa sua caneta ou tinteiro pessoais chegarem a tal estado, e a combinação dos dois deve ser ainda mais rara. Mas, como sabem, tintas e canetas de hotéis são muito utilizadas. Sim, tenho quase certeza ao afirmar que, se vasculhássemos os cestos de lixo de papel dos hotéis ao redor de Charing Cross, encontraríamos os restos da matéria mutilada do *Times*. E logo colocaríamos nossas mãos diretamente na pessoa que enviou essa mensagem peculiar. Ora! Ora! O que é isto?!

Examinava cuidadosamente o papel almaço no qual as palavras tinham sido coladas, segurando-o a apenas poucos centímetros dos olhos.

– O que foi?

– Nada – respondeu Holmes, jogando o papel na mesa. – É só meia folha de papel em branco, sem sequer uma marca d'água. Acho que já extraímos tudo o que podíamos dessa curiosa carta. E agora, Sir Henry, mais alguma coisa interessante lhe aconteceu desde que chegou a Londres?

– Bem, não, Sr. Holmes. Acho que não.

– Não notou ninguém seguindo-o, ou observando-o?

– Sinto-me como se tivesse entrado direto em uma novela barata – respondeu nosso visitante. – Por que diabos alguém estaria me seguindo ou observando?

– Estamos chegando ao ponto. Não tem mais nada a nos contar, antes de entrarmos no assunto?

– Bem, depende do que os senhores acham que seja digno de ser informado.

– Considero que qualquer coisa fora da rotina é digna de ser informada.

Sir Henry sorriu.

– Ainda não entendo muito dos hábitos ingleses, pois passei quase minha vida inteira nos Estados Unidos e no Canadá. Mas imagino que perder um pé de bota não seja parte da rotina daqui.

– Perdeu um pé de bota?

– Meu caro senhor – murmurou o Dr. Mortimer –, só está desaparecido. Vai encontrá-lo assim que retornar ao hotel. Para que incomodar o Sr. Holmes com bobagens desse tipo?

– Bem, ele me perguntou sobre qualquer coisa fora da rotina.

– Exato – intercedeu Holmes –, por mais banal que o incidente possa parecer. Quer dizer que perdeu um pé de bota?

– Pelo menos, não sei onde está. Coloquei o par do lado de fora da minha porta ontem à noite, e, de manhã, havia apenas um pé. Não consegui nenhuma informação do rapaz que limpa os calçados. O pior é que tinha comprado essas botas na noite passada, no Strand, e nem cheguei a usá-las.

– Se não chegou a usá-las, por que as deixou à porta para serem limpas?

– Eram botas de couro e ainda não tinham sido lustradas. Por isso as deixei lá.

– Então, pelo que entendi, logo que chegou a Londres, ontem, o senhor saiu e comprou um par de botas.

– Fiz várias compras. O Dr. Mortimer fez a gentileza de me acompanhar. Sabe, se vou ser um proprietário de terras por aqui, é melhor estar vestido de acordo. Talvez eu tenha sido um pouco descuidado a esse respeito no Oeste. Entre outras coisas, comprei essas botas marrons, paguei seis dólares por elas, e uma foi roubada antes mesmo de eu usar.

– Parece uma coisa inútil para ser roubada – observou Sherlock Holmes. – Concordo com o Dr. Mortimer que logo a bota perdida será encontrada.

– E agora, senhores – disse o baronete, decidido –, parece que já falei bastante sobre o pouco que sei. Está na hora de manterem sua promessa e me fazerem um relato completo sobre o que estamos investigando.

– Seu pedido é bastante razoável – respondeu Holmes. – Dr. Mortimer, acho que o melhor a fazer é contar sua história, como contou para nós.

Assim encorajado, nosso amigo cientista tirou seus papéis do bolso e apresentou todo o caso, como tinha feito na manhã anterior. Sir Henry Baskerville ouviu com muita atenção e uma ou outra exclamação de surpresa.

– Bem, parece que recebi uma herança com uma vingança – disse, quando a longa narrativa foi concluída. – Claro, ouço falar sobre o cão desde que estava no berçário. É a história folclórica da família, embora nunca a tenha levado a sério. Mas sobre a morte de meu tio... Bem, tudo parece estar fervendo na minha cabeça, e ainda não consigo entender. Os senhores também não parecem ter muita certeza se é um caso para a polícia ou para um padre.

– Exatamente.

– E agora tem essa questão da carta endereçada a mim no hotel. Imagino que ela se encaixe no cenário.

– Parece mostrar que alguém sabe mais do que nós sobre o que acontece no pântano – observou Mortimer.

– Além disso – acrescentou Holmes –, que esse alguém não tem más intenções com relação ao senhor, já que o avisa do perigo.

– Ou talvez eles desejem, por alguma razão, me espantar para bem longe daqui.

– Bem, claro, isso também é possível. Sou muito grato ao senhor, Dr. Mortimer, por me apresentar a um caso com tantas alternativas interessantes. Mas a questão prática que agora temos de decidir, Sir Henry, é se é ou não aconselhável que o senhor vá para a Mansão Baskerville.

– Por que eu não deveria ir?

– Parece ser perigoso.

– O senhor se refere ao perigo vindo desse demônio da família ou de seres humanos?

– Bem, isso é o que temos de descobrir.

– Seja como for, minha decisão está tomada. Não há diabo no inferno, Sr. Holmes, ou homem na terra que possa me impedir de ir para a casa da minha própria família, e podem considerar essa como minha resposta final. – Suas sobrancelhas escuras se franziram e seu rosto tomou um tom vermelho escuro enquanto ele falava. Era evidente que o temperamento explosivo dos Baskerville não estava extinto em seu último representante. – Enquanto isso – continuou ele –, quase não tive tempo para pensar sobre tudo o que me contaram. É demais para um homem ter de entender e resolver tudo de uma só vez. Gostaria de ter uma hora tranquila, sozinho, para tomar minha decisão. Então, ouça, Sr. Holmes, são 11h30, e agora vou voltar direto para meu hotel. Que tal o senhor e seu amigo, Dr. Watson, virem almoçar conosco às 14h, quando poderei dizer mais claramente como vejo essa coisa toda?

– Está bem para você, Watson?

– Perfeitamente.

– Então, pode esperar por nós. Querem que chame um táxi?

– Prefiro andar. Essa questão me deixou bastante agitado.

– Será um prazer acompanhá-lo na caminhada – disse seu companheiro.

– Então nos vemos de novo às 14h. *Au revoir*,[*] e bom dia!

Ouvimos os passos de nossos visitantes descendo a escada e a batida da porta da frente. Em um instante, Holmes se transformou de sonhador lânguido em homem de ação.

– Seu chapéu e botas, Watson, rápido! Não temos um minuto a perder!

Correu até o quarto, ainda de roupão, e voltou poucos segundos depois vestindo uma capa. Descemos às pressas a escada até a rua. Mortimer e Baskerville ainda estavam à vista, cerca de duzentos metros à nossa frente, na direção de Oxford Street.

– Devo correr até lá e pedir que esperem?

– De jeito nenhum, meu caro Watson. Estou totalmente satisfeito com sua companhia, se tolerar a minha. Nossos amigos são sábios, pois realmente é uma manhã muito agradável para uma caminhada.

Acelerou o passo até diminuir pela metade a distância que nos separava de nossos visitantes. Depois, ainda mantendo uma distância de uns cem metros, seguimos por Oxford Street e então por Regent Street. Em determinado momento, nossos amigos pararam para olhar uma vitrine; Holmes fez o mesmo. Um instante depois, ele deu um pequeno grito de satisfação, e, seguindo a direção de seus olhos ansiosos, vi que um táxi cabriolé com um passageiro no interior, que estivera parado do outro lado da rua, agora voltara a avançar lentamente.

---

[*] Até a vista; em francês no original. (N.E.)

– Lá está nosso homem, Watson! Venha! Poderemos, ao menos, dar uma boa olhada nele.

Nesse momento, notei uma barba preta espessa e um par de olhos penetrantes se voltarem para nós da janela lateral do táxi. Logo a portinhola do teto se abriu, e algo foi gritado para o motorista. O táxi partiu freneticamente pela Regent Street. Holmes procurou, ansioso, por outro ao redor, mas não havia nenhum vazio à vista. Então, lançou-se em uma louca perseguição, em meio ao fluxo do tráfego, mas o cabriolé já estava fora de alcance.

– Essa agora! – exclamou Holmes, amargo, ao ressurgir, bufando e branco de humilhação, da maré de veículos. – Já protagonizei tanto azar e incompetência? Watson, Watson... Se for um homem honesto, deve registrar o ocorrido ao lado de meus sucessos!

– Quem era aquele homem?

– Não faço a menor ideia.

– Um espião?

– Bem, ficou claro, pelo que ouvimos, que Baskerville estava sendo seguido por alguém desde que chegou na cidade. De que outro modo poderiam ficar sabendo tão rapidamente que ele se hospedaria no Hotel Northumberland? Se o seguiram no primeiro dia, não o seguiriam também no segundo? Você deve ter notado que caminhei duas vezes até a janela, enquanto Mortimer lia sua narrativa.

– Sim, me lembro.

– Estava procurando por alguém na rua, mas não vi ninguém. Estamos lidando com um homem inteligente, Watson. Esse assunto tem implicações profundas, e, embora ainda não tenha chegado a uma conclusão sobre a benevolência ou malevolência dessa entidade que está em contato conosco, percebo a presença de poder e empenho.

Quando nossos amigos saíram, fui logo atrás, na esperança de localizar seu perseguidor invisível. Então, astuto que é, ele achou melhor não seguir a pé, e já tinha arranjado um táxi para ir mais devagar ou mais rápido e assim passar despercebido. Seu método tem a vantagem adicional de que, se nossos amigos resolvessem também pegar um táxi, estaria pronto para segui-los. Tem, no entanto, uma desvantagem óbvia.

– Faz com que fique à mercê do condutor.

– Exato.

– Que pena que não anotamos o número do condutor.

– Meu caro Watson, por mais desastrado que eu tenha sido, você realmente não achou que deixaria de anotar o número, não é?! Nosso homem é o 2704. Mas isso não nos é útil no momento.

– Não consigo ver o que mais você poderia ter feito.

– Ao ver o táxi, deveria ter dado meia-volta e andado na outra direção. Assim poderia, com tranquilidade, ter pegado outro táxi e seguido o primeiro a uma distância respeitosa, ou, melhor ainda, ter ido direto para o Hotel Northumberland e esperado lá. Quando nosso desconhecido seguisse Baskerville até o hotel, teríamos a oportunidade de entrar em seu próprio jogo e descobrir para onde ele iria. Em vez disso, devido à minha indiscreta impaciência, aproveitada com rapidez e energia extraordinárias por nosso adversário, acabamos traindo a nós mesmos e perdemos nosso homem.

Enquanto conversávamos, descemos lentamente a Regent Street: Mortimer e seu companheiro já tinham, há muito tempo, desaparecido à nossa frente.

– Não há por que segui-los – concluiu Holmes. – O espião foi embora e não vai voltar. Temos de ver que outras cartas nos restam nas mãos e usá-las com firmeza. Conseguiria reconhecer a fisionomia do homem no táxi?

— Só reconheceria a barba.

— Eu também, o que me faz pensar na grande possiblidade de ela ser falsa. Um homem inteligente em uma missão tão delicada não teria razão para usar uma barba, a não ser que quisesse esconder suas feições. Venha comigo, Watson!

Entrou em um dos escritórios de mensageiros do bairro, onde foi recebido calorosamente pelo gerente.

— Ah, Wilson, vejo que não se esqueceu daquele pequeno caso, no qual tive o prazer de ajudá-lo.

— Não, senhor, de jeito nenhum. Salvou minha reputação e talvez minha vida.

— Meu caro amigo, que exagero! Pelo que me lembro, Wilson, havia entre seus rapazes um de nome Cartwright, que mostrou certa habilidade durante a investigação.

— Sim, senhor, ele ainda está conosco.

— Poderia chamá-lo? Obrigado! E poderia trocar esta nota de cinco libras?

Um jovem de 14 anos, com um rosto simpático e inteligente, logo atendeu ao chamado do gerente. Ficou de pé diante de nós, contemplando com grande reverência o famoso detetive.

— Passe-me o guia de hotéis — pediu Holmes. — Obrigado! Pois bem, Cartwright, aqui estão os nomes de 23 hotéis, todos nas imediações de Charing Cross. Está vendo?

— Sim, senhor.

— Vai visitar todos.

— Sim, senhor.

— A primeira coisa a fazer em cada um deles é oferecer um xelim ao porteiro. Aqui estão 23 xelins.

– Sim, senhor.

– Depois, diga a ele que precisa revistar todos os cestos de papéis de ontem. Diga que um telegrama importante extraviou-se e que está procurando por ele. Entendeu?

– Sim, senhor.

– Mas o que vai realmente procurar é uma página central do *Times*, com buracos cortados com tesoura. Aqui está um exemplar do *Times*. Esta é a página. Consegue reconhecê-la com facilidade, certo?

– Sim, senhor.

– Em cada lugar, o porteiro chamará o recepcionista, ao qual você também dará um xelim. Aqui estão mais 23 xelins. Em seguida, você talvez seja informado de que, em 20 dos 23 casos, o lixo do dia anterior foi queimado ou removido. Nos outros três casos, será colocado em sua frente um monte de papel, no qual vai procurar por essa página do *Times*. São grandes as probabilidades de não encontrá-la. Aqui tem 10 xelins a mais, para o caso de emergências. Envie para Baker Street um telegrama, com um relatório de suas atividades, antes do anoitecer. E agora, Watson, só nos resta descobrir, por telegrama, a identidade do condutor n. 2704, e entrar em uma das galerias de arte de Bond Street para matar o tempo até a hora de nosso encontro no hotel.

Capítulo 5

TRÊS FIOS PARTIDOS

Era impressionante a capacidade de Sherlock Holmes de desligar-se dos problemas quando queria. Durante duas horas, o estranho caso em que tinha se concentrado parecia ter sido esquecido, e ele ficou totalmente absorvido pelas telas dos mestres belgas modernos. Só falou sobre arte – assunto sobre o qual tinha as ideias mais toscas – desde que saímos da galeria até chegarmos ao Hotel Northumberland.

– Sir Henry Baskerville está lá em cima, à sua espera – informou o funcionário. – Pediu-me que o encaminhasse até lá assim que chegasse.

– O senhor se incomodaria se eu desse uma olhada em seu registro de hóspedes? – perguntou Holmes.

– De jeito nenhum.

O livro indicava que dois nomes tinham sido registrados depois do de Baskerville: um era Theophilus Johnson e família, de Newcastle; o outro, Sra. Oldmore e criada, de High Lodge, Alton.

– Deve ser o mesmo Johnson que conheço de longa data – disse Holmes ao recepcionista. – Um advogado, não é? Grisalho, manca um pouco?

— Não, senhor. Esse é o Sr. Johnson, o dono de minas de carvão, um cavalheiro muito ativo, não muito mais velho que o senhor.

— Tem certeza de que não está enganado sobre sua profissão?

— Não, senhor! Ele se hospeda neste hotel há anos e é muito conhecido por todos nós.

— Ah, então não há dúvida. Sra. Oldmore... Também me soa familiar. Desculpe minha curiosidade, mas não é raro que, ao irmos encontrar um amigo, acabemos esbarrando em outro.

— É uma senhora inválida. Seu marido foi, em certa época, prefeito de Gloucester. Sempre fica conosco quando vem à cidade.

— Obrigado. Acho que não a conheço.

Enquanto subíamos a escada, ele continuou em voz baixa:

— Com essas perguntas, conseguimos determinar um fato muito importante, Watson. Agora sabemos que as pessoas interessadas em nosso amigo não se hospedaram neste mesmo hotel. Isso significa que, ao mesmo tempo que estão, como vimos, muito ansiosas para vigiá-lo, temem que ele as veja. Ora, esse é um fato muito significativo.

— E o que significa?

— Significa... Epa, meu caro amigo, que diabos está acontecendo?!

Quando chegamos no alto da escada, demos de cara com o próprio Sir Henry Baskerville. Seu rosto estava vermelho de raiva, e ele segurava uma bota velha e empoeirada. Estava tão furioso que quase não conseguia falar, e, quando conseguiu, usou um dialeto do Oeste, muito grosseiro, longe do que tínhamos ouvido pela manhã.

– Parece que estão me tomando por um otário neste hotel! – gritou. – Se não tiverem cuidado, logo vão perceber que mexeram com o homem errado. Pelos céus, se esse sujeito não encontrar minha bota sumida, vão ter problemas. Sei aceitar uma piada como ninguém, Sr. Holmes, mas isso já passou da conta.

– Ainda procurando sua bota?

– Sim, senhor, e tenho a intenção de encontrá-la!

– Mas lembro bem que o senhor mencionou uma bota marrom e nova.

– E era, senhor. E agora desapareceu um pé desta preta e velha.

– O quê?! O senhor quer dizer que...

– É exatamente o que estou dizendo. Só tenho três pares de botas: as novas, marrons; as velhas, pretas; e as de verniz, que estou usando. Ontem à noite, pegaram um pé da marrom, e hoje, um da preta.

Um camareiro alemão, nervoso, entra em cena.

– Então, encontrou? Responda, homem, e não fique aí parado, olhando para mim!

– Não, senhor. Perguntei por todo o hotel, mas parece que ninguém viu as botas.

– Bem, ou essas botas aparecem antes do anoitecer, ou irei informar ao gerente que vou deixar este hotel imediatamente!

– Serão encontradas, senhor. Prometo que, se tiver um pouco de paciência, elas serão encontradas.

– Assim espero, pois é a última coisa que vou perder neste covil de ladrões. Bem, bem, Sr. Holmes, sinto muito incomodá-lo com um fato tão banal...

– Acho que o assunto merece muita atenção.

– Ora, parece que o senhor está levando isso muito a sério.

– Como explicaria o ocorrido?

– Nem tento explicar. É a coisa mais maluca, mais bizarra que já me aconteceu.

– A mais bizarra, talvez... – concordou Holmes, pensativo.

– Qual é a sua opinião a respeito disso?

– Bem, somado à morte de seu tio, não me lembro, dentre todos os quinhentos casos de importância capital que investiguei até hoje, de um cuja natureza seja tão grave. Mas temos vários fios soltos neste novelo, e é bem provável que um deles nos guie à verdade. Podemos até perder tempo seguindo o fio errado, mas, mais cedo ou mais tarde, havemos de encontrar o correto.

O almoço foi agradável, e pouco foi dito sobre o caso que nos tinha reunido ali. Foi na saleta privada, para onde nos dirigimos em seguida, que Holmes perguntou a Baskerville quais eram seus planos.

– Ir para a Mansão Baskerville.

– Quando?

– No final desta semana.

– A princípio – disse Holmes –, acho acertada sua decisão. Tenho plena convicção de que o senhor está sendo perseguido em Londres, e, em meio a milhões de pessoas desta grande cidade, é difícil descobrir por quem ou com que objetivo. Se as intenções deles são malignas, poderiam lhe causar danos, e não teríamos como impedi-los. Você sabia, Dr. Mortimer, que foram seguidos ao saírem da minha casa esta manhã?

Mortimer exclamou, áspero:

– Seguidos? Por quem?

– Isso, infelizmente, não sei dizer. Entre seus vizinhos ou conhecidos em Dartmoor, há algum com uma espessa barba preta?

– Não... Bem, deixe-me pensar... Ora, sim: Barrymore, o mordomo de Sir Charles, tem uma espessa barba preta.

– Hum... Onde está Barrymore?

– Está tomando conta da mansão.

– Temos de nos assegurar de que ele realmente está lá, ou se, por acaso, está em Londres.

– Como vamos fazer isso?

– Peguem um formulário de telegrama. "Tudo pronto para a chegada de Sir Henry?" Pronto. Enderece a Sr. Barrymore, Mansão Baskerville. Qual é o posto telegráfico mais próximo? Grimpen. Muito bem. Vamos enviar um segundo telegrama ao chefe do posto de Grimpen: "Telegrama para o Sr. Barrymore deve ser entregue em mãos. No caso de sua ausência, favor retornar a correspondência para Sir Henry Baskerville, no Hotel Northumberland". Assim, saberemos antes do anoitecer se o Sr. Barrymore está mesmo em seu posto, em Devonshire.

– Isso mesmo – concordou Baskerville. – Aliás, Dr. Mortimer, quem é esse Barrymore, afinal?

– É o filho do antigo caseiro, já falecido. A família toma conta da mansão há quatro gerações. Pelo que sei, ele e a esposa são um casal muito respeitável.

– Por outro lado – interveio Baskerville –, está bem claro que, enquanto ninguém da família ocupa a mansão, eles têm uma excelente casa para morar, sem precisar fazer nada.

– É verdade.

– Barrymore foi beneficiado de alguma maneira pelo testamento de Sir Charles? – perguntou Holmes.

– Ele e a esposa receberam quinhentas libras cada um.

– Ah! Eles sabiam que receberiam essa quantia?

– Sim, Sir Charles gostava de comentar os detalhes de seu testamento.

– Muito interessante.

– Espero – disse Mortimer – que não comece a suspeitar de todos que receberam alguma herança de Sir Charles, pois eu também ganhei mil libras com o inventário.

– Mesmo? E mais alguém?

– Somas insignificantes foram doadas a algumas pessoas e a várias instituições de caridade. Todo o restante ficou para Sir Henry.

– E quanto é o restante?

– Setecentas e quarenta mil libras.

Holmes ergueu as sobrancelhas, surpreso.

– Não fazia a mínima ideia de que estávamos falando de uma soma tão grande! – exclamou.

– Sir Charles tinha fama de ser rico, mas só descobrimos o tamanho de sua riqueza quando examinamos seus documentos. O valor total de seus bens chegava a quase um milhão de libras.

– Nossa! Por essa quantia, alguém poderia se dispor a fazer qualquer coisa. Mais uma pergunta, Dr. Mortimer: perdoe-me a hipótese desagradável, mas, supondo que algo acontecesse ao nosso jovem amigo aqui, quem herdaria o montante?

– Como Rodger Baskerville, irmão mais jovem de Sir Charles, morreu solteiro, a herança passaria para os Desmond, que são primos distantes. James Desmond é um homem idoso, clérigo em Westmoreland.

– Obrigado. Todos esses detalhes são de grande interesse. O senhor conhece James Desmond?

– Conheço, uma vez ele foi visitar Sir Charles. É um homem de aparência respeitável e vida virtuosa. Lembro-me de que se recusou a aceitar qualquer doação de Sir Charles, apesar da insistência do primo.

– E esse homem de hábitos simples seria o herdeiro das milhares de libras de Sir Charles.

– Seria o herdeiro da propriedade, pois é seu legado. Também herdaria o dinheiro, a não ser que houvesse alguma disposição contrária pelo atual proprietário, que pode, claro, fazer o que quiser com ele.

– Já fez seu testamento, Sir Henry?

– Não, Sr. Holmes, ainda não tive tempo, pois só ontem fiquei a par das circunstâncias. Mas, de qualquer forma, acho que o dinheiro deveria acompanhar o título e a propriedade. Era a vontade de meu pobre tio. Como o proprietário poderá restaurar as glórias dos Baskerville se não tiver dinheiro suficiente para manter a propriedade? Mansão, terras e dinheiro devem permanecer juntos.

– Certamente. Bem, Sir Henry, estou de acordo sobre a conveniência de sua ida para Devonshire o mais rápido possível. Há apenas uma precaução a ser tomada: o senhor não deve ir sozinho.

– O Dr. Mortimer irá comigo.

– Mas o Dr. Mortimer tem seu próprio ofício e mora a quilômetros da mansão. Mesmo com toda a boa vontade do mundo, ele não conseguiria ajudá-lo. Não, Sir Henry, alguém deve acompanhá-lo, um homem de confiança que ficará sempre ao seu lado.

– O senhor poderia vir, Sr. Holmes?

– Se houver uma situação de crise, vou me esforçar para estar presente; mas vai entender que, com a minha extensa prática de consultoria e com os constantes apelos que me chegam de várias partes, é impossível ficar ausente de Londres por um tempo indefinido. Neste momento, a reputação de uma das pessoas mais respeitadas da Inglaterra está sendo manchada por um chantagista, e só eu posso impedir um escândalo desastroso. O senhor entende como seria complicada minha ida para Dartmoor.

– Quem o senhor recomendaria, então?

Holmes pôs a mão em meu braço.

– Se meu amigo aceitar se incumbir dessa tarefa, não há melhor pessoa para estar a seu lado quando a situação ficar difícil. Ninguém poderia lhe dizer isso com mais segurança do que eu.

A proposta me pegou totalmente de surpresa, mas, antes que tivesse tempo para responder, Baskerville segurou minha mão e apertou-a com toda força.

– É muita gentileza de sua parte, Dr. Watson – disse. – O senhor conhece minha situação e está tão ciente do caso quanto eu. Se vier comigo para a Mansão Baskerville e me ajudar neste momento, serei eternamente grato.

A perspectiva de uma aventura sempre me fascinou, e me senti lisonjeado pelas palavras de Holmes e pelo entusiasmo do baronete com a ideia de me ter como acompanhante.

– Irei, com prazer – respondi. – Não vejo melhor maneira de usar meu tempo.

– E vai me enviar relatos minuciosos – ordenou Holmes. – Quando a situação de crise chegar, e ela vai chegar, darei orientações sobre o que fazer. Imagino que até sábado todos estejam prontos.

– Isso seria conveniente para o senhor, Dr. Watson?

– Perfeitamente.

– Então, no sábado, a não ser que sejam avisados do contrário, nos encontraremos no trem das 10h30, saindo de Paddington.

Já estávamos de pé para ir embora quando Baskerville soltou um grito de triunfo e, mergulhando em um dos cantos do quarto, puxou uma bota marrom de debaixo de um armário.

– Minha bota perdida! – gritou.

– Que todas as nossas dificuldades se resolvam com a mesma facilidade! – exclamou Sherlock Holmes.

– Mas isso é muito estranho – observou Mortimer. – Vasculhei o quarto inteiro, com muita atenção, antes do almoço.

– Eu também – completou Baskerville. – Cada centímetro dele. Com certeza, não havia nenhuma bota aqui.

– Sendo assim, o camareiro deve ter posto aí enquanto almoçávamos.

O alemão foi chamado, mas afirmou não saber nada sobre o assunto, e não foi possível esclarecer a questão. Mais um elemento adicionado a essa série infindável e aparentemente sem propósito de pequenos mistérios que se sucediam tão rapidamente. Além de toda a história sombria da morte de Sir Charles, havia uma sucessão de incidentes inexplicáveis, todos ocorridos em dois dias, que incluía o recebimento da carta impressa, o espião de barba preta no cabriolé, a perda da bota marrom nova, a perda da velha bota preta e, agora, o reaparecimento da bota marrom. No caminho de volta para Baker Street, Holmes permaneceu em silêncio no táxi, com as sobrancelhas franzidas e o rosto compenetrado. Eu sabia que sua mente, assim como a minha, esforçava-se para estabelecer um esquema no qual todos esses estranhos e aparentemente desconexos episódios pudessem se encaixar. Durante toda a tarde, e noite adentro, ficou sentado, perdido no tabaco e em pensamentos.

Logo antes do jantar, recebemos dois telegramas. O primeiro dizia:

"Acabei de saber que Barrymore está na mansão.
— BASKERVILLE"

E o segundo:

"Visitei 23 hotéis, conforme combinado, mas sinto informar não ter encontrado a página cortada do Times.
— CARTWRIGHT"

— Lá se vão dois dos meus fios, Watson. Não há nada mais estimulante do que um caso em que tudo conspira contra nós. Devemos procurar outra pista.

— Ainda temos o condutor que levava o espião.

— Exato. Enviei um telegrama para o Registro Oficial, para conseguir seu nome e endereço. Não me surpreenderia se essa campainha fosse a resposta ao meu pedido.

Mas o toque da campainha mostrou-se ainda mais satisfatório do que uma resposta. Quando a porta se abriu, entrou um homem com aparência grosseira, que só podia ser o condutor em pessoa.

— Recebi uma mensagem do escritório central, dizendo que um cavalheiro neste endereço estava perguntando sobre o 2704 – explicou. – Dirijo meu táxi há sete anos e nunca recebi uma só reclamação. Vim direto da garagem para cá, para perguntar pessoalmente se o senhor tem alguma queixa sobre mim.

– Não tenho nenhuma reclamação sobre o senhor, meu bom homem – respondeu Holmes. – Ao contrário, ofereço-lhe meia libra se responder claramente às minhas perguntas.

– Bem, parece que este é meu dia de sorte! – disse o condutor, com um sorriso irônico. – O que gostaria de saber, senhor?

– Em primeiro lugar, seu nome e endereço, caso precise contatá-lo de novo.

– John Clayton, Turpey Street, n. 3, em Borough. Meu táxi é da garagem de Shipley, perto da Estação Waterloo.

Sherlock Holmes anotou as informações.

– Agora, Clayton, conte-me tudo sobre o passageiro que veio vigiar esta casa hoje às 10h e, depois, seguiu dois cavalheiros pela Regent Street.

O homem pareceu surpreso e um pouco sem graça.

– Ora, não há razão para lhe contar nada, pois parece que o senhor já sabe tanto quanto eu – disse. – A verdade é que o cavalheiro me disse que era um detetive, e que eu não deveria contar nada sobre ele a ninguém.

– Meu bom homem, esse é um caso muito sério, e pode se ver em maus lençóis se tentar esconder alguma coisa de mim. Disse que seu cliente lhe falou que era um detetive.

– Sim, foi o que disse.

– E quando ele disse isso?

– Quando desceu do táxi.

– Disse mais alguma coisa?

– O nome dele.

Holmes olhou para mim, triunfante.

– Oh, disse seu nome? Isso não foi nada prudente. E que nome era esse?

– Seu nome – respondeu o condutor – era Sherlock Holmes.

Nunca tinha visto meu amigo tão desconcertado quanto ao receber essa resposta do condutor. Por um instante, ficou em silêncio, espantado. Em seguida, deu uma gargalhada.

– Ponto, Watson! Um ponto inegável para ele! – admitiu. – Sinto que fui atingido por uma espada tão ágil e rápida quanto a minha. Ele me pegou de jeito, dessa vez! Então, seu nome era Sherlock Holmes?

– Sim, senhor, esse era o nome do cavalheiro.

– Excelente! Conte-me onde o pegou e tudo o que aconteceu.

– Ele fez sinal para mim na Trafalgar Square, às 9h30. Disse que era um detetive e me ofereceu dois guinéus para fazer exatamente o que mandasse durante o dia, sem nenhuma pergunta. Aceitei de boa vontade. Primeiro, fomos até o Hotel Northumberland e lá esperamos, até dois cavalheiros saírem do prédio e pegarem um táxi. Seguimos o táxi até algum lugar aqui perto.

– Este endereço – acrescentou Holmes.

– Bem, não saberia com certeza, mas me arrisco a dizer que meu passageiro sabia bem onde era. Paramos a meio quarteirão daqui e esperamos por uma hora e meia. Foi quando os dois cavalheiros passaram por nós, a pé, e seguimos pela Baker Street e depois pela...

– Eu sei – interrompeu Holmes.

– Tínhamos percorrido três quarteirões de Regent Street quando meu cliente levantou a portinhola e gritou para que eu o levasse imediatamente para a Estação Waterloo, o mais rápido possível. Chicoteei a égua, e chegamos lá em menos de dez minutos. Em seguida, ele pagou os dois guinéus e entrou na estação. Só quando estava saindo foi que se virou e disse: "Talvez possa lhe interessar saber que estava conduzindo Sherlock Holmes". Foi assim que vim a saber seu nome.

– Entendo. E não o viu mais?

– Não depois que entrou na estação.

– E como descreveria o Sr. Sherlock Holmes?

O condutor coçou a cabeça.

– Bem, não era um cavalheiro fácil de se descrever. Deve ter cerca de 40 anos de idade, tem estatura média, uns cinco centímetros mais baixo do que o senhor. Estava vestido como um dândi e tinha uma barba preta quadrada e um rosto pálido. Acho que não me lembro de mais nada.

– Cor dos olhos?

– Não, não sei.

– Nada mais que consiga se lembrar?

– Não, senhor, nada.

– Bem, então aqui está sua meia libra. Há outra à sua espera, se conseguir me trazer mais informações. Boa noite!

– Boa noite, senhor, e obrigado!

John Clayton se retirou, feliz da vida, e Holmes se virou para mim, dando de ombros e com um sorriso triste.

– E lá se vai nosso terceiro fio: voltamos ao ponto inicial – admitiu ele. – Que astúcia, a desse patife! Ele sabia nosso número, sabia que Sir Henry Baskerville tinha me consultado, identificou-me em Regent Street, supôs que eu tinha anotado o número do táxi e que iria atrás do condutor e, assim, me mandou de volta essa mensagem audaciosa. Digo a você, Watson, desta vez temos um inimigo à nossa altura. Tive uma derrota em Londres. Só posso desejar-lhe melhor sorte em Devonshire. Mas não estou tranquilo com relação a isso.

— Com relação a quê?

— A enviá-lo para lá. O caso é sério, Watson, feio e perigoso, e quanto mais fico sabendo sobre ele, menos me agrada. Sim, meu caro amigo, pode rir, mas lhe dou minha palavra: ficarei muito feliz ao vê-lo de volta a Baker Street, são e salvo.

Capítulo 6

A MANSÃO BASKERVILLE

Sir Henry Baskerville e o Dr. Mortimer estavam prontos no dia agendado, e, como combinado, partimos para Devonshire. Sherlock Holmes me acompanhou até a estação e me passou suas últimas instruções e conselhos.

– Não vou induzir sua mente, sugerindo teorias ou suspeitas, Watson. Só preciso que me comunique os fatos da maneira mais completa possível, e deixe que eu teorize a respeito.

– Que tipo de fatos? – perguntei.

– Qualquer coisa que, mesmo indiretamente, pareça estar ligada ao caso, e em especial as relações entre o jovem Baskerville e seus vizinhos ou quaisquer novos dados em conexão com a morte de Sir Charles. Eu mesmo fiz algumas investigações nos últimos dias, mas os resultados, receio, foram improdutivos. Só uma coisa me parece certa: o Sr. James Desmond, o herdeiro seguinte, é um cavalheiro idoso e de temperamento muito amável, de forma que essa perseguição não parte dele. Na verdade, acho que podemos eliminá-lo de vez das nossas investigações. Restam as pessoas que, efetivamente, estarão em contato próximo com Sir Henry Baskerville no pântano.

– Não seria prudente, antes de mais nada, nos livrarmos do casal Barrymore?

– De jeito nenhum. Seria um erro gravíssimo. Se são inocentes, seria uma injustiça cruel, e, se são culpados, estaríamos perdendo qualquer chance de desmascará-los. Não, não, vamos mantê-los na nossa lista de suspeitos. Além deles, há um criado na mansão, se minha memória não falha. Há dois fazendeiros no pântano. Temos nosso amigo, o Dr. Mortimer, que creio ser totalmente honesto, e sua esposa, de quem não sabemos nada. Temos o naturalista, Stapleton, e sua irmã, que dizem ser uma moça muito atraente. O Sr. Frankland, da Mansão Lafter, também é um elemento desconhecido, e há mais um ou dois vizinhos. São essas as pessoas que merecem sua maior atenção.

– Farei o melhor que puder.

– Você está armado, suponho.

– Sim, achei melhor.

– Com toda a certeza. Mantenha o revólver perto de você noite e dia, e esteja sempre atento.

Nossos amigos já tinham reservado um vagão de primeira classe e nos esperavam na plataforma.

– Não, não temos nenhuma novidade – respondeu Mortimer à pergunta de meu amigo. – Mas posso assegurar uma coisa: não fomos seguidos nos últimos dois dias. Em nenhum momento saímos sem observar com extrema atenção, e ninguém nos passaria despercebido.

– Os senhores ficaram sempre juntos, presumo.

– Exceto ontem à tarde. Geralmente dedico um dia à pura diversão quando venho a Londres, então visitei o Museu do Colégio de Cirurgiões.

– E eu fui observar as pessoas no parque – informou Baskerville. – Mas não houve nada fora do normal.

– Mesmo assim, não foi prudente – disse Holmes, sacudindo a cabeça, muito sério. – Rogo-lhe, Sir Henry, que não saia sozinho. Alguma coisa terrível pode lhe acontecer se o fizer. Achou a outra bota?

– Não, senhor, essa eu perdi para sempre.

– Mesmo? Isso é muito interessante. Bem, boa viagem – acrescentou ele, quando o trem começou a andar pela plataforma. – Tenha em mente, Sir Henry, uma das frases daquela estranha lenda antiga que o Dr. Mortimer leu para nós, e evite ir ao pântano nas horas escuras, quando as forças do mal estão exaltadas.

Quando o trem partiu, olhei para trás, para a plataforma, e vi a silhueta alta e austera de Holmes, imóvel, olhando fixamente para nós.

A viagem foi rápida e agradável. Tentei conhecer melhor meus dois companheiros e brinquei com o spaniel de Mortimer. Em poucas horas, a terra marrom tinha se tornado avermelhada, o granito substituiu o tijolo, e vacas vermelhas apareceram, pastando em campos bem cercados, onde o capim viçoso e a vegetação mais exuberante revelavam um clima mais fértil, embora mais úmido. O jovem Baskerville olhava ansioso pela janela, soltando exclamações de prazer ao reconhecer características familiares do cenário de Devon.

– Estive em boa parte do mundo desde que deixei esta região, Dr. Watson – explicou –, mas nunca vi um lugar que se compare a ela.

– Nunca vi um homem de Devonshire que não venerasse este condado – comentei.

– Isso depende tanto da origem dos homens quanto da terra – interveio Mortimer. – Um olhar para nosso amigo aqui revela a cabeça arredondada dos celtas, que carregam em seu interior o entusiasmo e a capacidade de afeto. A cabeça do pobre Sir Charles era de um tipo muito raro: com características meio gaélicas, meio ivernianas.[*] Mas o senhor era muito jovem quando viu a Mansão Baskerville pela última vez, não era?

– Eu era adolescente quando meu pai faleceu, e nunca cheguei a ver a mansão, porque morávamos em uma pequena casa na costa sul. De lá, fui direto para a casa de um amigo, nos Estados Unidos. Digo aos senhores que tudo é tão novo para mim como o é para o Dr. Watson, e estou muito ansioso para ver o pântano.

– Está? Então seu desejo será logo satisfeito, pois aí está sua primeira visão do pântano – disse o Dr. Mortimer, apontando pela janela do vagão.

Acima dos verdes quadriculados dos campos e da curva baixa de um bosque, erguia-se, a distância, uma colina cinzenta, melancólica, com um cume estranho, recortado, indistinto e vago, como uma paisagem fantástica de um sonho. Baskerville ficou um longo tempo com os olhos fixos na colina, e percebi em sua fisionomia atenta o quanto representava para ele a primeira visão daquele lugar estranho, que seus ancestrais ocuparam por tanto tempo e onde deixaram uma marca tão profunda. Lá estava ele, com seu temo de *tweed* e seu sotaque americano, sentado no canto de um prosaico vagão de trem – e, no entanto, enquanto eu olhava para seu rosto moreno e expressivo, senti mais do que nunca que era um descendente legítimo daquela longa linhagem de homens de sangue nobre,

---

[*] "Gaélico": relativo aos primitivos habitantes da Gália e da Britânia; "iverniano": relativo à Hibérnia, antigo nome latino atribuído pelos romanos à Irlanda. (N.E.)

impetuosos, explosivos e dominadores. Havia orgulho, coragem e força em suas sobrancelhas espessas, nas narinas sensíveis e nos grandes olhos castanho-claros. Se naquele pântano ameaçador uma investigação difícil e perigosa nos aguardava, pelo menos ali estava um camarada por quem se poderia correr um risco, com a certeza de que seria partilhado com coragem.

O trem parou em uma pequena estação à margem da estrada, e todos descemos. Do lado de fora, além da cerca branca baixa, uma charrete puxada por dois cavalos de pernas curtas estava à nossa espera. Nossa chegada era evidentemente um grande acontecimento, pois o chefe da estação e os funcionários se reuniram à nossa volta para carregar a bagagem.

Era um lugarejo campestre, encantador e simples; no entanto, me surpreendi ao ver, junto ao portão, dois homens com aparência de soldados e uniformes escuros, apoiados em fuzis curtos e olhando atentamente para nós quando passamos. O cocheiro, um sujeitinho de feições grosseiras e contorcidas, saudou Sir Henry Baskerville, e em alguns minutos seguíamos rapidamente pela larga estrada branca. De ambos os lados, pastagens onduladas elevavam-se em curva, e velhas casas com frontões apareciam por entre a espessa folhagem verde; mas, atrás dos campos tranquilos e ensolarados, erguia-se sem interrupção, escuro contra o céu da tarde, o contorno extenso e sombrio do pântano, interrompido por sinistras e recortadas colinas.

A charrete pegou uma estrada lateral, e fizemos uma curva ascendente por longas veredas marcadas por séculos de rodas, margeadas por altas ladeiras, cobertas de musgo gotejante e samambaias carnudas. À luz do sol poente, as samambaias e os espinheiros mosqueados brilhavam em um tom bronze.

Sempre subindo, atravessamos uma ponte estreita de granito e contornamos um córrego que descia veloz, borbulhando, espumando e rugindo entre as grandes pedras cinzentas. Tanto a estrada quanto o córrego serpenteavam por um vale denso, coberto de carvalhos e abetos rasteiros. A cada curva, Baskerville soltava uma exclamação de deleite, olhando ansioso ao redor e fazendo intermináveis perguntas. A seus olhos, tudo parecia lindo, mas para mim um tom de melancolia pairava sobre os campos, mostrando claramente as marcas do ano que terminava. Folhas amarelas cobriam os caminhos e caíam, trêmulas, quando passávamos. O chocalhar de nossas rodas era abafado sempre que cruzávamos montes de vegetação em decomposição – tristes oferendas, pareciam, lançadas pela natureza diante da carruagem do herdeiro dos Baskerville, que voltava ao lar.

– Opa! – gritou Mortimer. – O que é isso?

Diante de nós, vimos uma curva brusca de terra coberta de urzes, um pico avançado do pântano. No topo, rígido e nítido como uma estátua equestre sobre seu pedestal, estava um soldado a cavalo, moreno e sério, com o rifle a postos, apoiado no antebraço. Vigiava a estrada pela qual viajávamos.

– O que é isso, Perkins? – perguntou Mortimer.

Nosso cocheiro virou-se um pouco em seu assento.

– Um preso fugiu de Princetown, senhor. Faz três dias que ele está desaparecido, e os guardas vigiam todas as estradas e estações, mas até agora não há nenhum sinal dele. Os fazendeiros da região não estão nada satisfeitos, senhor, posso garantir.

– Bem, ouvi dizer que quem fornecer informações vai ganhar cinco libras.

– É, senhor, mas cinco libras não valem nada se comparadas à possibilidade de ter a garganta cortada. O senhor compreende, não é um prisioneiro qualquer. É um homem que não tem nenhum escrúpulo.

– Mas quem é esse bandido?

– É Selden, o assassino de Notting Hill.

Lembrava-me bem do caso, pois tinha despertado o interesse de Holmes, devido à ferocidade peculiar e à brutalidade gratuita que marcaram todas as ações do assassino. A sentença de morte tinha sido substituída pela prisão, em decorrência de algumas dúvidas quanto à sanidade do assassino, tão atroz havia sido sua conduta. Nossa charrete chegara ao alto de um declive, e diante de nós se estendia o grande pântano, salpicado de montes de pedras e picos rochosos, retorcidos e escarpados. Dele soprou um vento frio que nos fez estremecer. De algum ponto, naquela planície desolada, espreitava aquele homem perverso, escondido numa toca como um animal feroz, com o coração cheio de ódio por toda a raça que o segregara. Era o que faltava para completar a sinistra atmosfera composta pela vastidão erma, pelo vento frio e pelo céu que escurecia. Até Baskerville ficou em silêncio e cobriu-se mais com o sobretudo.

Tínhamos deixado os campos férteis para trás. Voltamos nosso olhar para eles; os raios inclinados do sol baixo transformavam os córregos em fios de ouro e brilhavam sobre a terra vermelha revolvida pelo arado e pelo vasto emaranhado das florestas. A estrada diante de nós ficava cada vez mais desolada e agreste sobre as encostas castanho-avermelhadas e verde-oliva, salpicadas de pedras gigantescas. De vez em quando passávamos por uma casinha no pântano, com paredes e telhados de pedra, sem uma trepadeira sequer para amenizar os contornos severos. De repente, olhamos para dentro de uma concavidade salpicada de carvalhos e abetos retorcidos e dobrados pela fúria de anos de tempestades. Duas torres altas e estreitas erguiam-se sobre as árvores. O cocheiro apontou com o chicote.

– A Mansão Baskerville – informou.

O proprietário tinha se levantado e contemplava o cenário com as faces coradas e os olhos brilhantes. Alguns minutos mais tarde, chegávamos aos portões de ferro, cujos desenhos formavam um fantástico rendilhado, com pilares laterais corroídos pelo tempo, cobertos de líquens e encimados pelas cabeças de javali do brasão dos Baskerville. A casa do porteiro era uma ruína de granito preto, com vigas à mostra, mas diante dela havia uma construção recente, inacabada: o primeiro fruto do ouro sul-africano de Sir Charles.

Cruzamos o portão e pegamos a avenida, na qual o barulho das rodas foi novamente abafado pelas folhas e os galhos das velhas árvores formavam um túnel sombrio sobre nossas cabeças. Baskerville estremeceu ao avistar o longo caminho escuro, no fim do qual a casa tremeluzia como um fantasma.

– Foi aqui? – perguntou, em voz baixa.

– Não, não, a Alameda dos Teixos fica do outro lado.

O jovem herdeiro olhou ao redor com uma expressão sombria.

– Não é de se espantar que meu tio achasse que algo ruim lhe aconteceria num lugar como este – observou. – É de assustar qualquer um. Em seis meses, instalarei aqui uma fileira de postes de iluminação, com lâmpadas de mil velas bem na porta de entrada. Ficará irreconhecível.

A avenida desembocava em uma ampla área gramada, e lá estava a casa diante de nós. Na fraca claridade do fim de tarde, pude ver que o centro era um bloco sólido, do qual se projetava uma varanda. Toda a frente era coberta de hera, aparada nos pontos em que uma janela ou um brasão rompia o véu escuro. Desse bloco central, erguiam-se as velhas torres gêmeas, perfuradas com seteiras. À direita e à esquerda das torres, ficavam alas mais modernas de granito preto. Uma luz pálida brilhava através das janelas, e, da alta chaminé que se erguia do telhado íngreme e anguloso, subia uma coluna de fumaça preta.

– Seja bem-vindo, Sir Henry! Bem-vindo à Mansão Baskerville!

Um homem alto tinha saído da sombra da varanda para abrir a porta da charrete. A silhueta de uma mulher destacava-se contra a luz amarela do vestíbulo. Ela saiu e ajudou o homem a descarregar nossas malas.

– O senhor se importaria se eu fosse direto para casa, Sir Henry? – perguntou Mortimer. – Minha esposa está me esperando.

– Não vai ficar para jantar conosco?

– Não, preciso ir. É bem provável que haja algum trabalho à minha espera. Ficaria para mostrar-lhe a casa, mas Barrymore será um guia melhor do que eu. Até breve, e nao hesite nunca, dia ou noite, em mandar me chamar, se eu puder ser útil.

O barulho das rodas desapareceu no caminho enquanto Sir Henry e eu entrávamos no vestíbulo, ouvindo o bater da porta pesada atrás de nós. Vimo-nos em um belo cômodo, grande, majestoso, com pé-direito alto, suspenso por enormes vigas de carvalho escurecido pelo tempo. Na grande lareira antiga, atrás de altos cães de ferro, um fogo de lenha crepitava e estalava. Sir Henry e eu estendemos as mãos na direção das chamas, pois a longa viagem nos deixara entorpecidos. Depois, ficamos olhando para a alta e estreita janela de vitral antigo, os painéis de carvalho, as cabeças de veado, os brasões espalhados pelas paredes: tudo escuro e sombrio à luz fraca da luminária central.

– É exatamente como eu imaginava – observou Sir Henry. – Não é a imagem exata de um velho lar de família? E pensar que esta é a mesma mansão na qual minha gente morou durante quinhentos anos! Fico estarrecido ao pensar nisso.

Vi seu rosto moreno iluminar-se com um entusiasmo infantil enquanto olhava à sua volta. A luz incidia sobre ele, mas as longas sombras estendiam-se pelas paredes e formavam um dossel preto acima de sua cabeça.

Barrymore voltou dos nossos quartos, para onde levara as bagagens. Parou diante de nós com a atitude submissa de um criado bem treinado. Era um homem de aparência admirável: alto, bonito, com uma barba preta quadrada e feições pálidas e distintas.

– O senhor desejaria que o jantar fosse servido imediatamente, senhor?

– Está pronto?

– Dentro de alguns minutos, senhor. Encontrarão água quente em seus quartos. Minha esposa e eu ficaremos felizes, Sir Henry, de continuarmos com o senhor até que novas providências sejam tomadas, mas verá que, nas atuais circunstâncias, esta casa exigirá uma criadagem considerável.

– Que circunstâncias?

– Só quis dizer, senhor, que Sir Charles levava uma vida muito reservada, e conseguíamos cuidar das suas necessidades. O senhor, naturalmente, vai querer ter mais companhia, e assim precisará de mudanças na criadagem.

– Está me dizendo que você e sua mulher desejam deixar a mansão?

– Só quando lhe for conveniente, Sir Henry.

– Mas sua família trabalha conosco há várias gerações, não? Lamentaria começar minha vida aqui rompendo um velho laço familiar.

Creio ter percebido sinais de emoção no rosto pálido do mordomo.

– Também sinto o mesmo, senhor, assim como minha esposa. Mas, para dizer a verdade, senhor, éramos ambos muito ligados a Sir Charles, e sua morte foi um choque para nós e tornou este ambiente pesado demais. Receio que nunca mais tenhamos paz de espírito na Mansão Baskerville.

– E o que pretendem fazer?

– Não tenho nenhuma dúvida, senhor, de que conseguiremos nos estabelecer com um negócio próprio. A generosidade de Sir Charles nos deu os meios para isso. E agora, senhor, talvez seja melhor mostrar-lhes seus quartos.

No alto do velho vestíbulo onde nos encontrávamos, havia uma galeria balaustrada que corria ao longo das quatro paredes, com acesso por uma escada dupla. Desse ponto central estendiam-se dois longos corredores por toda a extensão do prédio; ali ficavam todos os quartos. O meu era na mesma ala e quase ao lado do de Baskerville. Os quartos pareciam ser muito mais modernos do que a parte central da casa, e o papel de parede claro e as numerosas velas contribuíram um pouco para desfazer a impressão sombria que nossa chegada tinha deixado em minha mente.

Mas a sala de jantar, à qual se tinha acesso pelo vestíbulo, era um lugar de sombra e melancolia. Era um cômodo comprido, com um degrau separando o estrado onde a família se sentava da parte inferior, reservada aos subordinados. Numa extremidade, havia uma galeria destinada a músicos e artistas. Acima de nossas cabeças, abaixo do teto escurecido pela fumaça, vigas negras atravessavam a sala. Com fileiras de tochas flamejantes para iluminá-la e o colorido e a alegria grosseira de um banquete de antigamente, ela poderia se tornar mais suave; mas naquele momento, com dois cavalheiros de roupas pretas sentados no pequeno círculo de luz projetado por uma lâmpada velada, a voz ficava abafada, e o espírito, submisso. Uma pálida galeria de ancestrais, com todas as variedades de trajes, desde o cavalheiro elisabetano até o dândi da Regência, contemplava-nos do alto e nos intimidava com sua companhia silenciosa. Falamos pouco, e, de minha parte, fiquei satisfeito quando a refeição terminou e pudemos ir para a moderna sala de bilhar para fumar um cigarro.

– Devo admitir: este não é um lugar muito alegre – observou Sir Henry. – Suponho que seja possível me adaptar a ele, mas, neste momento, sinto-me bastante deslocado. Não me admira que meu tio ficasse um pouco apreensivo de morar completamente sozinho numa casa como esta. Contudo, se estiver de acordo, podemos nos recolher cedo esta noite, e talvez as coisas pareçam mais alegres pela manhã.

Antes de me deitar, abri as cortinas e olhei pela janela. Ela dava para o espaço gramado em frente à porta de entrada. Mais além, árvores de dois bosques gemiam e se envergavam ao vento que aumentava. Uma meia-lua surgiu pelas aberturas das nuvens que corriam. À sua luz fria avistei, além das árvores, uma faixa recortada de rochas e o relevo baixo e extenso do pântano melancólico. Fechei a cortina, com a sensação de que a minha última impressão combinava com o resto.

No entanto, aquela não seria bem a última. Sentia-me exausto, mas, ainda assim, alerta; revirava, inquieto, de um lado para o outro, procurando pelo sono que não vinha. Ao longe, um relógio batia os quartos de hora, mas, fora isso, um silêncio mortal pesava sobre a velha casa. Até que, de repente, na calada da noite, chegou aos meus ouvidos um som claro, ressonante e inconfundível. Eram os soluços de uma mulher, o choro abafado e reprimido de uma pessoa dilacerada por uma dor incontrolável. Sentei-me na cama e ouvi com atenção. O barulho não podia ter vindo de longe: sem dúvida, ocorria no interior da casa. Durante meia hora esperei com os nervos alertas, mas não ouvi nenhum outro som, exceto o do relógio e o farfalhar da hera na parede.

Capítulo 7

OS STAPLETON DA CASA MERRIPIT

A fresca beleza da manhã seguinte ajudou a diminuir a impressão sombria e cinzenta deixada em nossas mentes pela primeira experiência na Mansão Baskerville. Quando Sir Henry e eu nos sentamos para tomar café, a luz do sol inundava a casa através das janelas altas e encaixilhadas, lançando manchas coloridas dos brasões que as cobriam. Os lambris escuros brilhavam como bronze aos raios dourados, e era difícil acreditar que aquele era realmente o mesmo cômodo que, na noite anterior, enchera nossas almas de tanta melancolia.

– Acho que é a nós mesmos, e não à casa, que temos de culpar! – exclamou o baronete. – Estávamos cansados da viagem de charrete e congelados de frio, por isso ficamos com uma impressão deprimente do lugar. Agora, descansados e revigorados, tudo voltou a ficar alegre.

– Contudo, não era apenas uma questão de imaginação – respondi. – Por exemplo: por acaso o senhor ouviu alguém, uma mulher, acho eu, soluçando durante a noite?

– É curioso, pois, quando estava quase dormindo, achei ter ouvido alguma coisa desse tipo. Esperei um bom tempo, mas não ouvi mais nada, então concluí que não passava de um sonho.

– Eu ouvi claramente, e tenho certeza de que era mesmo uma mulher chorando.

– Precisamos nos informar a respeito agora mesmo.

Tocou a campainha e perguntou a Barrymore se ele podia explicar o ocorrido. Tive a impressão de que as feições pálidas do mordomo ficaram ainda mais pálidas ao ouvir a pergunta do patrão.

– Há apenas duas mulheres na casa, Sir Henry – respondeu. – Uma é a copeira, que dorme na outra ala. A outra é minha mulher, e posso garantir-lhe que o som não veio dela.

Mas ele estava mentindo: depois do café, encontrei no corredor a Sra. Barrymore, com o sol batendo direto em seu rosto. Era uma mulher corpulenta, impassível, de feições grosseiras e com uma expressão rígida e firme na boca. Mas seus olhos vermelhos se viraram para mim por entre as pálpebras inchadas e a denunciaram. Fora ela, então, que chorara durante a noite, e, se tinha sido ela, seu marido com certeza sabia disso. No entanto, declarando o contrário, ele tinha assumido o risco óbvio da descoberta. Por que teria feito isso? E por que ela chorara tão amargamente?

Em torno daquele bonito homem pálido e de barba preta já se formava uma atmosfera de mistério e de obscuridade. Fora ele o primeiro a descobrir o corpo de Sir Charles, e tínhamos apenas sua palavra quanto às circunstâncias que levaram à morte do velho senhor. Seria possível que, no fim das contas, fosse Barrymore quem tínhamos visto no táxi na Regent Street? A barba poderia bem ser a mesma. O cocheiro tinha descrito um homem um pouco mais baixo, mas essa impressão podia ter sido errônea. Como eu poderia acabar de vez com essa dúvida? Obviamente, a primeira coisa a fazer era falar com o chefe da agência postal de Grimpen e descobrir se nosso telegrama-teste tinha sido realmente entregue, em mãos, a Barrymore. Qualquer que fosse a resposta, eu pelo menos teria alguma coisa a informar a Sherlock Holmes.

Sir Henry tinha inúmeros documentos para examinar após o café, de forma que o momento era propício para um passeio. Foi uma caminhada agradável de seis quilômetros e meio ao longo do pântano, a qual me levou por fim a um pequeno povoado cinzento, onde duas construções maiores erguiam-se bem acima do resto: a estalagem e a casa do Dr. Mortimer. O chefe da agência postal – que era também o dono do armazém da aldeia – lembrava-se claramente do telegrama.

– Com certeza, senhor – disse ele. – Mandei entregar o telegrama ao Sr. Barrymore exatamente de acordo com as instruções.

– Quem o entregou?

– Meu filho. James, você entregou o telegrama ao Sr. Barrymore na mansão na semana passada, não foi?

– Sim, pai, entreguei.

– Entregou a ele pessoalmente? – perguntei.

– Bem, na hora em que cheguei lá, ele estava no sótão, então não pude entregá-lo em mãos, mas entreguei à Sra. Barrymore, que me garantiu que o entregaria imediatamente.

– Você viu o Sr. Barrymore? – insisti.

– Não, senhor. Como disse, ele estava no sótão.

– Se não o viu, como sabe que estava no sótão?

– Bem, sua própria mulher com certeza sabia onde ele estava – disse o chefe da agência postal, com um ar ofendido.

– Ele não recebeu o telegrama? Se houve algum engano, o próprio Sr. Barrymore deve vir aqui e prestar queixa.

Pareceu inútil insistir no interrogatório, mas estava claro que, apesar do ardil de Holmes, não tínhamos nenhuma prova de que Barrymore não estivera em Londres o tempo todo. Suponhamos que sim; suponhamos que o mesmo homem fora o último a ver Sir Charles vivo e o primeiro a seguir o novo herdeiro quando ele voltou à Inglaterra. E daí? Ele estaria a mando de outros, ou tinha alguma sinistra finalidade própria? Que interesse poderia ter em perseguir a família Baskerville? Pensei na estranha advertência cortada do editorial do *Times*. Seria ela obra de Barrymore, ou de alguém determinado a contrariar seus planos? O único motivo concebível era o que tinha sido sugerido por Sir Henry: se a família fosse afugentada da mansão, um lar confortável e permanente estaria assegurado aos Barrymore. Mas, sem dúvida, tal teoria seria altamente insuficiente para explicar o profundo e sutil plano que parecia tecer uma rede invisível em torno do jovem baronete. O próprio Holmes tinha afirmado que esse era o caso mais complexo que chegara às suas mãos, em toda a longa série de suas sensacionais investigações. Enquanto caminhava de volta pela estrada cinzenta e solitária, rezei para que o meu amigo pudesse em breve se ver livre de suas preocupações e viesse tirar de meus ombros essa enorme responsabilidade.

De repente, meus pensamentos foram interrompidos pelo ruído de pés correndo atrás de mim e por uma voz que chamava meu nome. Virei-me, esperando ver Mortimer, mas para minha surpresa era um estranho que me perseguia. Era um homem pequeno, magro, bem barbeado, um tanto afetado, louro e de queixo pequeno, entre 30 e 40 anos de idade, trajando um terno cinzento e um chapéu de palha. Uma lata especial para coleta de espécimes botânicos pendia de seu ombro, e ele segurava uma rede verde para borboletas.

– Por favor, desculpe meu atrevimento, Dr. Watson – disse ao se aproximar, ofegante. – Aqui no pântano somos pessoas simples e não esperamos por apresentações formais. Nosso amigo em comum, Mortimer, já deve ter mencionado meu nome. Sou Stapleton, da Casa Merripit.

– Sua rede e sua lata o teriam denunciado, de qualquer forma – observei, pois sabia que o Sr. Stapleton era um naturalista. – Mas como o senhor me reconheceu?

– Fui visitar Mortimer, e ele apontou-o para mim da janela do consultório, quando o senhor passou. Como estamos indo na mesma direção, pensei em alcançá-lo e apresentar-me. Espero que Sir Henry tenha chegado bem da viagem!

– Ele está muito bem, obrigado.

– Temíamos que, após a triste morte de Sir Charles, o novo baronete se recusasse a morar aqui. É exigir demais de um homem de posses que venha enterrar-se num lugar como este, mas não preciso dizer-lhe o quanto isso significa para a região. Suponho que Sir Henry não tenha nenhum medo supersticioso a esse respeito.

– Não creio que esse seja um problema.

– Naturalmente, o senhor conhece a lenda do cão diabólico que persegue a família.

– Ouvi falar disso.

– É impressionante como os camponeses são crédulos, aqui! Qualquer um deles poderia jurar ter visto tal criatura no pântano – ele disse, com um sorriso, mas pude ver em seus olhos que encarava o assunto com mais seriedade. – A história tomou conta da imaginação de Sir Charles, e não tenho nenhuma dúvida de que isso levou ao seu trágico fim.

– Mas como?

– Seus nervos estavam tão à flor da pele, que o aparecimento de qualquer cão poderia ter um efeito fatal sobre seu coração enfermo. Imagino que ele realmente tenha visto alguma coisa do gênero naquela última noite, na Alameda dos Teixos. Eu receava que algum desastre pudesse ocorrer, pois gostava muito do velho senhor, e sabia que seu coração estava fraco.

– Como o senhor sabia disso?

– Meu amigo Mortimer me contou.

– Acha, então, que um cão perseguiu Sir Charles e que, em consequência, ele morreu de medo?

– O senhor tem alguma explicação melhor?

– Ainda não cheguei a nenhuma conclusão.

– E quanto ao Sr. Sherlock Holmes?

Ao ouvir essas palavras, fiquei atônito por um instante, mas bastou olhar para o rosto plácido e os olhos serenos de meu companheiro para perceber que não tinha intenção de causar nenhuma surpresa.

– É inútil fingir que não os conhecemos, Dr. Watson – afirmou ele. – Os feitos do seu amigo detetive chegaram até aqui, e o senhor não poderia exaltá-lo sem se tornar conhecido também. Quando Mortimer mencionou seu nome, não pôde esconder sua identidade. Sua presença aqui deixa claro que o próprio Sherlock Holmes está interessado no caso, e estou naturalmente curioso em saber a opinião dele sobre o assunto.

– Receio não poder responder a essa pergunta.

– Posso perguntar-lhe se ele pretende nos honrar com uma visita?

– Ele não pode sair da cidade no momento. Tem outros casos aos quais deve dedicar sua atenção.

– Que pena! Poderia lançar alguma luz sobre o que para nós é tão obscuro. Mas quanto às suas próprias pesquisas, se houver alguma maneira pela qual eu possa lhe ser útil, espero que entre em contato comigo. Se me desse algum sinal quanto à natureza das suas suspeitas, ou sobre como pretende investigar o caso, talvez pudesse lhe dar alguma ajuda ou conselho agora mesmo.

– Garanto que estou aqui simplesmente de visita ao meu amigo, Sir Henry, e que não preciso de nenhuma ajuda.

– Excelente! – exclamou Stapleton. – O senhor está coberto de razão em ser prudente e discreto. É justa a censura pelo que receio ter sido uma intromissão injustificável, e prometo não mencionar mais o assunto.

Tínhamos chegado a um ponto onde um estreito caminho coberto de grama desviava-se da estrada, serpenteando pelo pântano. À direita, havia uma colina íngreme, salpicada de seixos; em tempos passados, fora uma pedreira de extração de granito. A face voltada para nós formava uma escarpa escura, com samambaias e espinheiros brotando de nichos. De uma plataforma distante, subia uma coluna de fumaça cinzenta.

– Uma caminhada não muito longa por esta trilha que cruza o pântano leva à Casa Merripit – disse ele. – Talvez o senhor possa dispor de uma hora; seria um prazer apresentá-lo à minha irmã.

A primeira coisa que veio à minha cabeça foi que eu devia estar ao lado de Sir Henry. Mas depois me lembrei da pilha de papéis e contas sobre a mesa de seu escritório.

Com certeza, não poderia ajudá-lo nessa tarefa. E Holmes tinha me dado instruções expressas para estudar os vizinhos do pântano. Aceitei o convite de Stapleton, e juntos pegamos o caminho.

– É um lugar maravilhoso, o pântano – observou ele, olhando em volta para as encostas ondulantes, longas vagas verdes com suas cristas de granito recortado, espumando como um mar fantástico. – A gente nunca se cansa do pântano. O senhor não pode imaginar os segredos maravilhosos que ele contém. Tão grande, tão desolado e tão misterioso!

– O senhor o conhece bem, então?

– Estou aqui há apenas dois anos. Os residentes me chamariam de recém-chegado. Viemos pouco depois de Sir Charles se estabelecer aqui. Mas os meus gostos me levaram a explorar cada parte da região ao redor, e acho que deve haver poucos homens que a conhecem melhor do que eu.

– Acha que é tão difícil assim de se conhecer?

– Muito difícil. Veja, por exemplo, essa grande planície para o norte, com suas estranhas elevações. Nota alguma coisa de extraordinário nela?

– Seria um lugar maravilhoso para uma cavalgada.

– É natural que pense assim, e essa ideia já custou várias vidas. Está vendo aqueles pontos verdes brilhantes espalhados por toda parte?

– Sim, parecem mais férteis do que o resto.

Stapleton riu.

– Ali é o grande pântano de Grimpen – disse. – Um passo em falso ali significa a morte para qualquer homem ou animal. Ontem mesmo vi um dos pôneis do pântano caminhar para dentro dele. Não saiu mais. Por muito tempo vi sua cabeça espichada, tentando escapar do lodaçal, mas acabou sendo engolido. Mesmo nas estações secas é um perigo atravessá-lo, mas após as chuvas deste outono tornou-se um lugar tenebroso. E, apesar disso, consigo encontrar o caminho até suas entranhas e voltar vivo. Opa, lá vai outro pobre pônei!

Alguma coisa marrom se mexia e rolava entre os juncos verdes. Depois, vimos aparecer um pescoço, contorcendo--se e lutando desesperadamente, e um guincho agonizante ecoou pelo pântano. Fiquei gelado de horror, mas parecia que os nervos de meu companheiro eram mais fortes do que os meus.

— Foi-se! – afirmou ele. – O pântano o engoliu. Dois pôneis em dois dias, e muitos mais, talvez, pois se habituam a ir lá no tempo seco e só aprendem a diferença depois que o pântano os tem em suas garras. É um lugar terrível, o grande pântano de Grimpen.

— E o senhor diz que sabe andar por ele?

— Sim, há uma ou duas trilhas que um homem ágil pode tomar. Eu as encontrei.

— Mas por que iria querer entrar em um lugar tão horrível?

— O senhor está vendo os morros ao longe? Na verdade, são ilhas isoladas pelo pântano intransponível, que, no decorrer dos anos, as cercou por todos os lados. Ali se encontram as plantas e borboletas raras, quando se tem a habilidade de chegar até lá.

— Um dia destes, farei uma tentativa.

Ele olhou para mim com uma expressão de surpresa.

— Por Deus, nem pense nisso! – exclamou. – Não quero carregar essa culpa. Afirmo que não haveria a menor possibilidade de o senhor voltar vivo. Só sou capaz de fazer isso porque me lembro de complexos pontos de referência pelo caminho.

– Opa! – exclamei. – O que foi isso?

Um gemido longo e grave, indescritivelmente triste, atravessou o pântano. Tomou conta do ar, e, mesmo assim, era impossível dizer de onde vinha. Passou de um murmúrio lânguido a um rugido profundo, depois baixou de novo para um murmúrio melancólico e latejante. Stapleton olhou para mim com uma expressão curiosa.

– Lugar bizarro, o pântano! – disse.

– Mas o que é isso?

– Os camponeses dizem que é o cão dos Baskerville chamando sua presa. Já tinha ouvido uma ou duas vezes, mas nunca tão alto assim.

Com um calafrio de medo no coração, olhei para a enorme planície ondulada, com suas inúmeras manchas verdes de juncos. Nada se movia sobre a vasta extensão, exceto por um casal de corvos, que crocitava do alto de um pico rochoso atrás de nós.

– O senhor é um homem instruído. Não acredita numa bobagem dessas – observei. – Na sua opinião, qual é a causa de um som tão estranho?

– Às vezes, os charcos fazem ruídos esquisitos. É a lama se acomodando, ou a água subindo, ou alguma coisa.

– Não, não, aquilo era a voz de um ser vivo.

– Bem, talvez fosse. O senhor já ouviu uma galinha-real gritando?

– Não, nunca.

– É uma ave muito rara, praticamente extinta na Inglaterra, mas tudo é possível no pântano. Não ficaria surpreso em saber que o que ouvimos foi o grito da última das galinhas-reais.

– Essa foi a coisa mais fantástica e estranha que já ouvi na vida.

– Sim, pode-se dizer que este é um lugar bastante misterioso. Olhe ali adiante, para a encosta daquele morro. O que acha que é?

Espalhados por toda a encosta íngreme, havia, pelo menos, uns vinte círculos cinzentos de pedra.

– O que é aquilo? Currais de ovelhas?

– Não, são as casas dos nossos bravos ancestrais. Inúmeros homens pré-históricos habitavam o pântano, e, como ninguém em particular viveu lá desde então, encontramos suas modestas instalações exatamente como as deixaram. Essas são as cabanas sem os telhados. É possível ver até a lareira e o leito deles, se tiver curiosidade de entrar.

– Mas é uma verdadeira cidade. Quando foi habitada?

– Homem neolítico; sem data.

– O que eles faziam?

– Levavam seu gado para pastar nessas encostas e aprenderam a extrair o estanho, quando a espada de bronze começou a substituir o machado de pedra. Veja o enorme fosso na colina oposta. É a marca deles. Sim, Dr. Watson, verá que o pântano tem várias características muito singulares. Oh, desculpe-me um instante! Com certeza é uma *Cyclopides*.

Uma pequena mosca ou mariposa tinha cruzado nosso caminho, batendo as asas, e Stapleton logo começou a correr atrás dela, com uma energia e velocidade extraordinárias. Para minha aflição, a criatura voou direto para o grande pântano, mas meu acompanhante não hesitou sequer um instante, saltando de tufo em tufo, com a rede verde balançando no ar. As roupas cinzentas e sua corrida irregular, em ziguezague, faziam com que ele próprio parecesse uma mariposa, por sua energia extraordinária. Em pé, eu observava a perseguição com uma mistura de admiração por sua incrível agilidade e medo de que pisasse em falso no pântano traiçoeiro. Ao ouvir o barulho de passos, virei-me e dei de cara com uma mulher perto de mim, na vereda. Vinha da direção da Casa Merripit, indicada pela coluna de fumaça, mas a encosta do pântano a ocultara até que se aproximasse.

Não tive dúvida de que fosse a Srta. Stapleton, de quem me tinham falado, já que, de qualquer maneira, não devia haver muitas damas no pântano, e lembrei-me de alguém ter exaltado sua beleza. A mulher que se aproximou de mim com certeza tinha uma beleza fora do comum. Não poderia haver contraste maior entre irmão e irmã: ele tinha pele clara, cabelos claros e olhos cinzentos, enquanto a moça tinha a pele mais escura do que qualquer outra morena que eu já tinha visto na Inglaterra; era magra, elegante e alta. Tinha um rosto altivo, finamente desenhado, com feições tão proporcionais que pareceria impassível não fosse a boca delicada e os lindos olhos escuros e ardorosos. Com sua silhueta perfeita e o vestido elegante, era, realmente, uma aparição estranha no desolado caminho do pântano. Quando me virei, seus olhos estavam voltados para o irmão, e logo ela apressou o passo na minha direção. Eu tinha erguido meu chapéu e estava prestes a fazer algum comentário explicativo quando suas próprias palavras mudaram completamente o curso de meus pensamentos.

– Volte! – exclamou ela. – Volte direto para Londres, imediatamente!

Minha única reação foi olhar para ela com uma expressão tola de surpresa. Seus olhos brilhavam sobre mim, e ela, impaciente, batia o pé no chão.

– Por que devo voltar? – perguntei.

– Não posso explicar – respondeu em voz baixa, ansiosa, com um curioso balbuciado na dicção. – Mas, por Deus, faça o que lhe peço. Volte, e nunca mais torne a pôr os pés no pântano.

– Mas acabei de chegar!

– Homem! – exclamou ela. – Não percebe quando um aviso é para seu próprio bem? Volte para Londres! Parta esta noite! Saia deste lugar a qualquer custo! Epa! Silêncio, meu irmão está chegando! Nem uma palavra sobre o que eu disse. Poderia apanhar para mim aquela orquídea ali, entre as canas? O pântano tem uma enorme diversidade de orquídeas, embora, naturalmente, o senhor tenha chegado tarde para admirar as belezas do lugar.

Stapleton tinha abandonado a perseguição e voltava, ofegante e corado.

– Olá, Beryl! – disse ele, e o tom da saudação não parecia totalmente cordial.

– Nossa, Jack, parece estar com muito calor.

– Sim, estive perseguindo uma *Cyclopides*. É muito rara e dificilmente encontrada no fim do outono. Que pena tê-la perdido! – disse com indiferença, mas seus pequenos olhos claros moviam-se incessantemente da moça para mim. – Vejo que já se apresentaram.

– Sim. Estava dizendo a Sir Henry que era tarde demais para ele ver as verdadeiras belezas do pântano.

– Ora, quem você pensa que ele é?

– Imagino que deva ser Sir Henry Baskerville.

– Não, não – respondi. – Apenas um humilde plebeu, mas sou amigo de Sir Henry. Meu nome é Watson.

Seu rosto expressivo corou, envergonhado.

– Nossa conversa foi um mal-entendido – explicou ela.

– Ora, não tiveram muito tempo para conversar – comentou o irmão, com o mesmo olhar inquisitivo.

– Falei como se o Sr. Watson fosse um residente, em vez de simplesmente um visitante – disse ela. – Não faz muita diferença para ele se é cedo ou tarde para ver as orquídeas. Mas virá conosco, com certeza, visitar a Casa Merripit.

Uma curta caminhada levou-nos até a residência, uma desolada casa do pântano, que tinha sido, nos tempos de prosperidade, a fazenda de um criador de gado; mas agora, reformada, transformara-se em uma moradia moderna. Era cercada por um pomar, mas as árvores, como é comum no pântano, eram mirradas e contorcidas, dando ao lugar um aspecto árido e melancólico. Fomos recebidos por um estranho empregado, velho e encarquilhado, com um casaco ferruginoso, que combinava com a casa. No interior, contudo, havia salas grandes, mobiliadas com elegância, nas quais pude reconhecer o gosto da jovem. Quando olhei das janelas para o pântano interminável, salpicado de granito, estendendo-se sem interrupção até o horizonte mais distante, não pude deixar de me perguntar o que poderia ter levado esse homem altamente instruído e essa linda mulher a morar em um lugar como aquele.

– Estranho lugar para escolher, não é? – comentou ele, como em resposta ao meu pensamento. – E, apesar disso, conseguimos ter uma vida razoavelmente feliz, não é, Beryl?

– Bastante feliz – respondeu ela, mas não havia nenhuma convicção em suas palavras.

– Eu era dono de uma escola – continuou Stapleton –, que ficava no norte do país. O trabalho, para um homem do meu temperamento, era mecânico e pouco interessante, mas o privilégio de conviver com os jovens, de ajudar a moldar aquelas tenras mentes e de imprimir nelas nosso próprio caráter e ideais era algo que me encantava. No entanto, a sorte não estava do nosso lado. Uma epidemia grave se alastrou pelo colégio, e três meninos morreram. Nunca nos recuperamos do golpe, e grande parte do meu capital foi irremediavelmente perdida. Ainda assim, se não fosse pela perda da companhia encantadora dos meninos, poderia me rejubilar apesar da minha própria infelicidade, pois, com meu profundo interesse pela botânica e pela zoologia, encontro um campo ilimitado de trabalho aqui, e minha irmã é uma amante da natureza tanto quanto eu. Conto-lhe tudo isso, Dr. Watson, devido à sua expressão quando examinou o pântano da nossa janela.

– Confesso que passou pela minha mente que este lugar podia ser um pouco monótono, talvez não para o senhor, mas para sua irmã.

– Não, não, nunca fico entediada – a moça apressou-se em responder.

– Temos livros, temos nossos estudos e temos vizinhos interessantes. O Dr. Mortimer é dos homens mais capazes em sua especialidade. O pobre Sir Charles também era um companheiro admirável. Nós o conhecíamos bem, e não posso descrever a falta que sentimos dele. O senhor acha que seria inconveniente, de minha parte, se fosse visitar Sir Henry esta tarde, para conhecê-lo?

– Tenho certeza de que seria um prazer.

– Nesse caso, talvez o senhor pudesse mencionar que pretendo fazer isso. Quem sabe possamos, à nossa maneira humilde, ajudar a tornar as coisas mais fáceis para ele, até se acostumar com seu novo ambiente. O senhor gostaria de subir, Dr. Watson, e conhecer minha coleção de lepidópteros? Acho que é a mais completa do sudoeste da Inglaterra. Quando acabar de examiná-la, o almoço estará quase pronto.

No entanto, estava ansioso para voltar ao meu posto. A melancolia do pântano, a morte do infeliz pônei, o estranho som associado à sombria lenda dos Baskerville: tudo isso enchera meus pensamentos de tristeza. Além de todas essas impressões mais ou menos vagas, havia também a advertência clara e distinta da Srta. Stapleton, feita com seriedade tão intensa, que não havia dúvida de que algum motivo grave e profundo estivesse por trás dela. Resisti à insistência para ficar para o almoço e logo iniciei minha viagem de volta, tomando o caminho de grama pelo qual tínhamos vindo.

Entretanto, parece que havia algum tipo de atalho, pois, antes de chegar à estrada, surpreendi-me ao ver a Srta. Stapleton sentada em uma pedra à beira do caminho. Seu rosto estava ainda mais lindo, corado pelo esforço físico, e ela estava com a mão na cintura.

– Corri da casa até aqui para alcançá-lo, Dr. Watson – disse. – Não tive tempo nem de pôr meu chapéu. Não posso demorar, pois meu irmão pode perceber minha ausência. Queria desculpar-me pelo estúpido engano que cometi, pensando que o senhor fosse Sir Henry. Por favor, esqueça minhas palavras, que, de modo algum, se aplicam ao senhor.

– Mas não posso esquecê-las, Srta. Stapleton – afirmei. – Sou amigo de Sir Henry, e seu bem-estar é assunto do meu maior interesse. Diga-me: por que a senhorita estava tão ansiosa para que Sir Henry voltasse para Londres?

– Caprichos de mulher, Dr. Watson. Quando me conhecer melhor, compreenderá que nem sempre posso explicar as coisas que digo ou faço.

– Não, não. Lembro-me da emoção em sua voz. Lembro-me da expressão dos seus olhos. Por favor, por favor, seja franca comigo, Srta. Stapleton, pois, desde que cheguei aqui, sinto sombras à minha volta. A vida ficou parecida com o grande pântano de Grimpen, com pequenas poças verdes por toda parte, nas quais uma pessoa pode se afundar, e sem nenhum guia para indicar o caminho. Conte-me, então, o que foi que a senhorita quis dizer, e prometo transmitir sua mensagem a Sir Henry.

Uma expressão de dúvida passou por seu rosto por um instante, mas seus olhos retomaram a firmeza quando me respondeu.

– Está dando uma importância exagerada a tudo isso, Dr. Watson. Meu irmão e eu ficamos muito chocados com a morte de Sir Charles. Éramos muito próximos, pois seu passeio favorito era pelo pântano, até nossa casa. Ele estava bastante impressionado pela maldição que pairava sobre sua família, e, quando a tragédia aconteceu, naturalmente imaginei que devia haver algum fundamento para os receios que ele tinha expressado. Fiquei aflita, portanto, quando outro membro da família veio morar aqui, e achei prudente preveni-lo do perigo que o espreita. Era só isso que queria lhe transmitir.

– Mas qual é o perigo?

– O senhor conhece a história do cão?

– Não acredito nessas bobagens.

– Mas eu acredito. Se tem alguma influência sobre Sir Henry, afaste-o deste lugar, que tem se mostrado fatal para sua família. O mundo é tão grande! Por que moraria logo em um lugar perigoso?

– Exatamente porque este é o lugar onde se encontra o perigo. É a natureza de Sir Henry. Receio que, a menos que a senhorita possa fornecer uma informação mais específica do que essa, será impossível convencê-lo a se mudar.

– Não posso dizer nada específico, porque não sei nada específico.

– Gostaria de lhe fazer mais uma pergunta, Srta. Stapleton: se era só isso que pretendia quando conversou comigo pela primeira vez, por que não queria que seu irmão ouvisse o que disse? Não há nada a que ele ou qualquer outra pessoa pudesse se opor.

– Meu irmão está muito ansioso para ver a mansão habitada, pois acha que isso seria o melhor para as pessoas pobres do pântano. Ele ficaria muito bravo se soubesse que eu disse alguma coisa que pudesse induzir Sir Henry a ir embora. Mas cumpri meu dever, e agora não direi mais nada. Preciso voltar, ou ele dará pela minha falta e desconfiará que estive com o senhor. Adeus!

Ela virou-se, e em alguns minutos tinha desaparecido entre os seixos, enquanto eu, com a alma cheia de temores vagos, segui meu caminho para a Mansão Baskerville.

Capítulo 8

PRIMEIRO RELATÓRIO
DO DR. WATSON

Deste ponto em diante, seguirei o desenrolar dos acontecimentos transcrevendo minhas próprias cartas para Sherlock Holmes, que estão sobre a mesa diante de mim.

Com exceção de uma página perdida, elas estão exatamente como foram escritas e, por mais viva que possa ser minha memória daqueles trágicos acontecimentos, revelam com mais precisão meus sentimentos e desconfianças naquele momento.

Mansão Baskerville, 13 de outubro.

Meu caro Holmes,

Com minhas cartas e telegramas anteriores, consegui mantê-lo bastante bem informado sobre tudo o que vem ocorrendo neste canto esquecido do mundo. Quanto mais tempo passamos aqui, mais o espírito do pântano impregna nossa alma com sua vastidão, e também com seu sinistro encanto. Uma vez em seu seio, deixamos para trás todos os vestígios da Inglaterra moderna e, ao contrário, começamos a avistar por toda parte os lares e a obra do povo pré-histórico. Por todos os lados, enquanto andamos, vemos casas dessas pessoas esquecidas, com seus túmulos e enormes monólitos, que supostamente assinalavam os templos. Ao olhar para suas cabanas de pedra cinzenta sobre as encostas pedregosas das colinas, deixamos para trás nossa própria era: se, por um acaso, víssemos um homem cabeludo, vestido com pele animal, arrastando-se pela porta baixa, ajustando uma flecha com ponta de pedra lascada à corda de seu arco, acharíamos sua presença ali mais natural do que a nossa. O estranho é tantos terem vivido em um solo que deve ter sempre sido tão estéril. Não sou arqueólogo, mas posso imaginar que eram um povo pacífico e perseguido, forçado a aceitar viver em uma terra que ninguém mais ocuparia.

Nada disso, contudo, tem a ver com a missão para a qual você me enviou, e com certeza será de pouco interesse para sua mente tão prática. Ainda me lembro da sua completa indiferença quanto à questão de o Sol girar em torno da Terra, ou a Terra, em torno do Sol. Voltemos, portanto, aos fatos relativos a Sir Henry Baskerville.

Se não recebeu nenhum relatório nos últimos dias é porque não havia nada de importante a comunicar – até hoje, quando ocorreu um fato muito surpreendente, que contarei no devido tempo. Antes de tudo, preciso informá-lo sobre outras circunstâncias da situação.

Uma dessas, sobre a qual pouco falei, diz respeito ao condenado foragido no pântano. Temos agora fortes razões para crer que ele foi embora, o que é um alívio considerável para os habitantes da região. Passaram-se quinze dias desde sua fuga, durante os quais ele não foi visto e nada se ouviu falar sobre ele. Com certeza, é inconcebível que conseguisse ficar no pântano durante todo esse tempo. Naturalmente, no que diz respeito a seu esconderijo, não haveria nenhuma dificuldade. Qualquer uma das cabanas de pedra seria conveniente. Mas não haveria nada para comer, a menos que ele matasse uma das ovelhas do pântano. Achamos, portanto, que foi embora, e, assim, os fazendeiros que vivem em locais mais isolados podem dormir melhor.

Na mansão, somos quatro homens vigorosos, de forma que podemos cuidar bem de nós mesmos, mas confesso que tenho tido momentos de inquietação quando penso nos Stapleton. Eles moram a quilômetros de distância de qualquer ajuda. Há uma criada e um empregado idoso, a irmã e o irmão, que não é um homem muito forte. Ficariam indefesos nas mãos de um sujeito desesperado como esse criminoso de Notting Hill, se ele conseguisse entrar. Tanto Sir Henry quanto eu estamos preocupados com a situação, e sugeriu-se que Perkins, o criado, fosse dormir lá, mas Stapleton não quer nem cogitar a ideia.

O fato é que nosso amigo, o baronete, começa a demonstrar um grande interesse por nossa bela vizinha. Não é de se admirar, pois neste lugar solitário o tempo passa lentamente para um homem ativo como ele, e ela é uma mulher muito fascinante e bonita. Há nela algo de tropical e exótico, que forma um contraste singular com o irmão, frio e pouco emotivo. Contudo, ele também parece ter seus ardores ocultos. Com certeza, tem uma influência muito marcante sobre a irmã, pois a vi olhar continuamente para ele enquanto falava, como se buscasse aprovação para o que dizia. Acredito que ele a trate bem, porém há um brilho seco em seus olhos e uma rigidez nos lábios finos que demonstram uma natureza autoritária e possivelmente cruel. Você acharia interessante estudá-lo.

Ele veio visitar Baskerville naquele primeiro dia e, já na manhã seguinte, fez questão de nos mostrar o local onde supostamente a lenda do cruel Hugo teve sua origem. Foi uma caminhada de alguns quilômetros pelo pântano, até um lugar tão desolado que poderia mesmo ter dado origem à história. Encontramos, entre rochas irregulares, um pequeno vale que levava a um espaço aberto, coberto de grama, salpicado de algodão branco. No centro, erguiam-se duas grandes pedras, erodidas e afinadas na extremidade superior, que pareciam presas enormes e desgastadas de alguma fera monstruosa. Em todos os sentidos, correspondia à cena da antiga tragédia.

Sir Henry ficou muito interessado e mais de uma vez perguntou a Stapleton se ele acreditava realmente na possibilidade de interferência do sobrenatural nas questões humanas. Perguntava em tom de brincadeira, mas era evidente que falava sério. Stapleton foi cauteloso em suas respostas, mas foi fácil perceber que dizia menos do que sabia e que não expressava sua opinião completa, em consideração aos sentimentos do baronete. Contou-nos casos semelhantes, em que famílias tinham sofrido alguma influência maligna, e nos deixou com a impressão de que partilhava da opinião popular sobre o assunto.

Em nosso caminho de volta, paramos para almoçar na Casa Merripit, e foi nessa ocasião que Sir Henry conheceu a Srta. Stapleton. Desde o primeiro momento em que a viu, pareceu ter ficado muito atraído por ela, e, se não estou enganado, o sentimento foi recíproco. Referiu-se a ela várias vezes ao voltarmos para casa, e desde então não se passou um dia sem que nos encontrássemos com o irmão e a irmã. Eles virão jantar aqui esta noite, e há planos de irmos visitá-los na próxima semana.

É natural imaginar que essa união seria muito bem-vinda para Stapleton; no entanto, mais de uma vez percebi nele olhares de forte desaprovação quando Sir Henry estava prestando alguma atenção à irmã. Sem dúvida, é muito ligado a ela e levaria uma vida solitária sem sua companhia, mas seria o cúmulo do egoísmo tentar impedir um casamento tão vantajoso como aquele. Ainda assim, tenho certeza de que ele não deseja que a intimidade deles se transforme em amor, e várias vezes observei que tem se esforçado para impedi-los de ficarem sozinhos. Aliás, suas instruções para que eu nunca deixe Sir Henry sair sozinho se tornarão muito mais complicadas de cumprir se um romance for acrescentado às nossas dificuldades. Minha popularidade logo diminuiria se eu seguisse essas ordens ao pé da letra.

Outro dia – quinta-feira, para ser mais preciso –, o Dr. Mortimer almoçou conosco. Ele vem escavando um túmulo em Long Down e encontrou um crânio pré-histórico que o enche de alegria. Nunca vi um entusiasta tão obcecado! Os Stapleton chegaram depois, e, a pedido de Sir Henry, o bom médico levou-nos todos à Alameda dos Teixos, para nos mostrar exatamente como tudo aconteceu naquela fatídica noite. É um passeio longo e lúgubre pela alameda, entre dois altos paredões de cerca-viva, com uma estreita faixa de grama de cada lado. Na extremidade oposta há uma velha casa de verão em ruínas. Na metade do caminho fica o portão para o pântano, onde o velho cavalheiro deixou cair as cinzas de seu charuto. É um portão branco com um trinco. À sua frente estende-se o amplo pântano. Lembrei-me de sua teoria sobre o caso e tentei imaginar tudo o que tinha ocorrido. Enquanto o velho senhor estava ali parado, viu alguma coisa vindo do pântano, algo que o aterrorizou tanto que, desesperado, correu, correu até cair morto, de puro horror e exaustão. Lá estava o longo túnel sombrio pelo qual ele fugiu. E de que estava fugindo? De um cão pastor do pântano? Ou de um cão fantasmagórico, preto, silencioso e monstruoso? Teria havido uma intervenção humana naquilo tudo? Será que o pálido e vigilante Barrymore sabe mais do que quis contar? Era tudo lúgubre e vago, mas o tempo todo percebia-se a sombra escura do crime.

Desde a última vez que escrevi, conheci outro vizinho. Trata-se do Sr. Frankland, da Mansão Lafter, que mora a uns sete quilômetros ao sul da mansão. É um homem idoso, irascível, de faces vermelhas e cabelos brancos. Tem verdadeira paixão pela legislação britânica, e já gastou uma grande fortuna em ações judiciais. Entra em disputas pelo simples prazer de brigar e está igualmente pronto a tomar qualquer um dos lados de uma questão, de forma que não é de se admirar que tenha sido um divertimento caro. Algumas vezes, por conta própria, interdita a passagem por um caminho e desafia a paróquia a voltar a abri-lo. Outras, destrói com suas próprias mãos o portão da casa de alguém, alegando que existe ali um caminho desde tempos imemoriais e desafiando o proprietário a processá-lo por invasão. Conhece bastante os antigos direitos senhoriais e comunais e usa seu conhecimento às vezes a favor dos aldeãos de Fernworthy, e outras, contra eles. Assim, dependendo de seu último feito, é periodicamente carregado em triunfo, ou tem sua imagem queimada. Dizem que, atualmente, tem cerca de sete processos em curso – o que provavelmente engolirá o resto de sua fortuna, arrancando-lhe o ferrão e deixando-o inofensivo no futuro. Exceto por essas questões legais, parece ser uma pessoa bondosa e afável, e só o menciono porque você me pediu especificamente para descrever todos aqueles que nos cercam. Tem agora uma ocupação curiosa, pois, sendo um astrônomo amador, possui um excelente telescópio, com o qual se deita sobre o telhado de sua casa e vasculha o pântano o dia inteiro, na esperança de avistar o condenado fugitivo. Se ele limitasse suas energias a isso estaria tudo bem, mas há rumores de que pretende processar o Dr. Mortimer por ter aberto uma sepultura sem a autorização do parente mais próximo, quando desenterrou o crânio neolítico do túmulo em Long Down. Ele ajuda a impedir que nossas vidas se tornem monótonas e traz um pequeno alívio cômico, muito necessário por aqui.

Agora, tendo-o atualizado sobre o criminoso fugitivo, os Stapleton, o Dr. Mortimer e o Sr. Frankland, da Mansão Lafter, deixe-me terminar com o que é mais importante e contar mais sobre os Barrymore, em especial sobre o surpreendente acontecimento de ontem à noite.

Primeiro, o telegrama-teste que você mandou de Londres a fim de se certificar se Barrymore realmente estava aqui. Já expliquei que o testemunho do gerente da agência postal mostra que a tentativa foi inútil e que não temos nenhuma prova num sentido ou no outro. Disse a Sir Henry como andavam as coisas, e ele, de imediato, à sua maneira direta, chamou Barrymore e perguntou se recebera o telegrama pessoalmente. Barrymore disse que sim.

– O rapaz entregou-o em suas próprias mãos? – perguntou Sir Henry.

Barrymore pareceu surpreso e pensou por um tempo.

– Não – respondeu ele. – Eu estava no sótão, e minha mulher levou-o para mim lá em cima.

– Você o respondeu pessoalmente?

– Não. Disse à minha mulher o que responder, e ela desceu para escrever.

À noite, ele voltou ao assunto por iniciativa própria.

– Não pude compreender direito o objetivo de suas perguntas essa manhã, Sir Henry. Espero que não signifiquem que eu tenha feito alguma coisa para perder sua confiança.

Sir Henry teve de garantir-lhe que não era o caso e acalmá-lo, oferecendo-lhe uma parte considerável de seu antigo guarda-roupa, já que as roupas compradas em Londres tinham chegado.

A Sra. Barrymore desperta meu interesse. É uma mulher corpulenta e robusta, muito limitada, muito respeitável e inclinada ao puritanismo. É difícil imaginar uma pessoa menos emotiva. No entanto, como já contei, na primeira noite aqui eu a ouvi chorando amargamente, e, desde então, mais de uma vez observei vestígios de lágrimas em seu rosto. Alguma tristeza profunda lhe consome o coração. Às vezes fico imaginando se não teria algum sentimento de culpa; em outras, desconfio que Barrymore é um tirano doméstico. Sempre achei que havia alguma coisa diferente e suspeita no caráter desse homem, mas a aventura da última noite elevou ao máximo minha desconfiança.

Apesar disso, o acontecimento em si pode parecer uma questão secundária. Você sabe que não tenho um sono muito pesado; e, desde que cheguei a esta casa, estou em constante estado de alerta, e meus cochilos têm sido mais leves do que nunca. Noite passada, por volta das 2h da manhã, fui despertado por passos furtivos diante de meu quarto. Levantei-me, abri a porta e olhei para fora. Uma comprida sombra negra arrastava-se pelo corredor. Era a sombra de um homem que caminhava de mansinho, com uma vela na mão. Estava de calça e camisa, mas com os pés descalços. Pude ver apenas uma silhueta, mas por sua altura me pareceu ser Barrymore. Ele andava muito devagar e discretamente, e havia em sua aparência alguma coisa de culpado e furtivo, que não consigo descrever.

Já lhe disse que o corredor é interrompido pela galeria que contorna o vestíbulo, mas que continua do lado oposto. Esperei até que Barrymore tivesse desaparecido e o segui. Quando acabei de dar a volta na galeria, ele tinha chegado ao final do outro corredor, e pude ver, pelo brilho da luz através de uma porta aberta, que tinha entrado em um dos quartos. Atualmente, todos esses quartos estão desocupados e sem mobília, o que tornava sua expedição ainda mais misteriosa. A luz brilhava imóvel, como se ele estivesse parado. Segui pela passagem o mais silenciosamente possível e espiei pelo canto da porta.

Barrymore estava debruçado à janela, com a vela erguida contra o vidro. Seu perfil estava meio virado para mim, e sua fisionomia parecia paralisada de expectativa enquanto olhava para a escuridão do pântano. Por alguns minutos ficou ali, observando atentamente. Depois, soltou um grunhido profundo e, com um gesto impaciente, apagou a vela. Voltei imediatamente para meu quarto e em seguida ouvi mais uma vez os passos furtivos, em seu caminho de volta. Muito tempo depois, quando eu já tinha caído em um sono leve, ouvi uma chave girar em alguma fechadura, mas não consegui saber de onde vinha o som. Não posso imaginar o que tudo isso significa, mas há algum tipo de intriga secreta acontecendo nesta casa sombria, ao fundo da qual chegaremos mais cedo ou mais tarde. Não vou incomodá-lo com minhas teorias, porque você me pediu para relatar apenas os fatos. Tive uma longa conversa com Sir Henry essa manhã, e fizemos um plano de ação com base nas minhas observações de ontem à noite. Por enquanto, não falarei sobre ele, mas pode tornar meu próximo relatório uma leitura interessante.

Capítulo 9

A LUZ NO PÂNTANO
(SEGUNDO RELATÓRIO
DO DR. WATSON)

Mansão Baskerville, 15 de outubro.

Meu caro Holmes, se fui obrigado a deixá-lo sem muitas notícias durante os primeiros dias de minha missão, você será obrigado a reconhecer que estou recuperando o tempo perdido e que os acontecimentos começaram a se acumular muito depressa em torno de nós.

Encerrei meu último relatório com Barrymore à janela, e desde então já reuni uma quantidade de notícias que, a menos que esteja muito enganado, irão surpreendê-lo consideravelmente. As coisas tomaram um rumo completamente imprevisível. De certa forma, nas últimas 48 horas elas se tornaram muito mais claras – e, de outro ponto de vista, mais complicadas. Mas vou contar tudo, para que julgue por si mesmo.

Antes do café, na manhã seguinte à minha aventura, segui pelo corredor e examinei o quarto em que Barrymore tinha estado na noite anterior. Percebi que a janela oeste, pela qual ele tinha olhado tão intensamente, diferia, em um aspecto, de todas as outras da casa: tinha a melhor vista para o pântano. Há uma abertura entre duas árvores que fornece, daquele ponto de observação, uma visão total e mais aproximada do brejo, enquanto que de todas as outras janelas só é possível vê-lo ao longe. Conclui-se, portanto, que Barrymore, uma vez que só aquela janela serviria para seu propósito, devia estar procurando alguma coisa ou alguém no pântano. A noite estava muito escura, por isso mal posso imaginar como ele poderia ver algo. Ocorreu-me que talvez estivesse havendo alguma intriga amorosa: isso explicaria seus movimentos furtivos e também a inquietação de sua mulher. O homem é um sujeito bonito, suficientemente bem-apessoado para roubar o coração de uma camponesa, de modo que essa teoria não parecia infundada. A porta que eu tinha ouvido se abrindo, após voltar para meu quarto, podia significar que ele tivesse saído para um encontro clandestino. Esses eram meus pensamentos naquela manhã, e descrevo o rumo de minhas suspeitas, ainda que o resultado possa ter mostrado que elas eram infundadas.

Mas, independentemente da verdadeira explicação dos movimentos de Barrymore, pesou-me demais a responsabilidade de guardá-los para mim até poder explicá-los. Tive uma conversa com o baronete em seu escritório após o café, e contei tudo o que tinha visto. Ele ficou menos surpreso do que eu esperava.

– Eu sabia que Barrymore andava por aí de noite e tive vontade de conversar com ele a respeito – disse. – Ouvi seus passos duas ou três vezes no corredor, indo e vindo, mais ou menos na hora que você falou.

– Então, talvez toda noite ele faça uma visita àquela janela em particular – sugeri.

– Talvez. Se assim for, poderemos segui-lo e ver o que procura. Fico imaginando o que seu amigo Holmes faria, se estivesse aqui.

– Creio que faria exatamente o que o senhor está sugerindo – respondi. – Seguiria Barrymore e veria o que ele anda fazendo.

– Nesse caso, faremos isso nós dois.

– Mas ele, com certeza, nos ouviria.

– O homem é meio surdo, e, de qualquer maneira, devemos correr o risco. Esperaremos acordados em meu quarto, esta noite, até ele passar.

Sir Henry esfregou as mãos com prazer: ficou evidente que a aventura era um alívio para a vida um tanto monótona no pântano.

O baronete vem se comunicando com o arquiteto que fez as plantas para Sir Charles e com um empreiteiro de Londres, de modo que podemos esperar que em breve grandes mudanças comecem por aqui. Temos recebido decoradores e vendedores de móveis de Plymouth, e é evidente que nosso amigo tem grandes ideias – e meios para não precisar poupar sacrifício ou despesa para restaurar a grandeza de sua família. Quando a casa estiver reformada e mobiliada de novo, faltará apenas uma esposa para torná-la completa. Cá entre nós, há sinais bastante claros de que, se a dama estiver disposta, isso não levará muito tempo, porque raramente vi um homem tão encantado por uma mulher como ele está pela nossa linda vizinha, a Srta. Stapleton. No entanto, a trajetória do verdadeiro amor sem dúvida não segue tão suavemente como se poderia esperar nas circunstâncias. Hoje, por exemplo, sua superfície foi perturbada por uma agitação muito inesperada, que causou ao nosso amigo considerável perplexidade e aborrecimento.

Após a conversa que mencionei sobre Barrymore, Sir Henry pôs o chapéu e preparou-se para sair. Com naturalidade, fiz o mesmo.

– O quê? Você vem, Watson? – perguntou ele, olhando para mim de uma forma curiosa.

– Depende: o senhor pretende ir ao pântano?

– Sim, vou.

– Bem, está a par das instruções que me foram dadas. Lamento me intrometer, mas o senhor ouviu como Holmes insistiu para não deixá-lo sair sozinho, especialmente para ir ao pântano.

Sir Henry pôs a mão em meu ombro, com um sorriso amistoso.

– Meu caro amigo – disse –, Holmes, com toda a sua sabedoria, não previu algumas coisas que têm acontecido desde que cheguei aqui. Você me entende? Tenho certeza de que é o último homem do mundo que desejaria ser um desmancha-prazeres. Preciso sair sozinho.

Aquilo me colocou numa posição muito desconfortável. Não sabia o que dizer ou fazer, e, antes que me decidisse, ele pegou sua bengala e saiu.

Mas, quando voltei a pensar no assunto, minha consciência me reprovou amargamente por permitir que ele se afastasse da minha vista. Imaginei quais seriam meus sentimentos se tivesse que voltar a Londres e confessar a você que uma tragédia tinha ocorrido por eu não ter seguido suas instruções. Confesso que corei a essa simples ideia. Talvez ainda não fosse tarde demais para alcançá-lo, portanto parti imediatamente na direção da Casa Merripit.

Apressei-me o máximo que pude pela estrada, sem ver nenhum sinal de Sir Henry, até o ponto onde a trilha do pântano se bifurca. Lá, receando ter tomado a direção errada, subi numa colina para ter uma melhor visão – a tal colina que fora reduzida a pedreira escura. Logo o vi. Estava na vereda do pântano, a uns quatrocentos metros de distância, e ao seu lado havia uma moça que só podia ser a Srta. Stapleton. Ficou claro que já havia algum entendimento entre eles, e que o encontro fora marcado. Caminhavam devagar, concentrados na conversa, e vi que ela fazia movimentos curtos e rápidos com as mãos, como se falasse com muita seriedade, enquanto ele ouvia atentamente, sacudindo a cabeça uma ou duas vezes, discordando com firmeza. Fiquei ali, entre as rochas, observando-os, muito confuso quanto ao que devia fazer em seguida. Segui-los e interromper a conversa íntima pareceu-me um ultraje; e, no entanto, meu dever era claro: nunca o perder de vista, um instante sequer. Agir como espião com um amigo era uma tarefa odiosa. Porém, não consegui encontrar solução melhor do que observá-lo da colina e, depois, tirar o peso de minha consciência confessando a ele o que tinha feito. É verdade que, se algum perigo súbito o tivesse ameaçado, eu estaria longe demais para ajudá-lo, mas, apesar disso, tenho certeza de que você concordará comigo que a situação era muito difícil e que eu não poderia ter feito outra coisa.

Nosso amigo e a moça pararam no caminho, e estavam absorvidos em sua conversa quando percebi que não era a única testemunha do encontro deles. Um farrapo verde flutuando no ar atraiu minha atenção, e, ao olhar novamente, percebi que vinha preso a uma vara carregada por um homem que se movia pelo terreno irregular. Era Stapleton com sua rede de borboletas. Estava muito mais perto do casal do que eu e pareceu ir na direção deles. Nesse instante, Sir Henry puxou a Srta. Stapleton para perto de si. Seu braço envolveu-a, mas pareceu-me que ela o evitava, afastando o rosto para o lado. Ele inclinou a cabeça na direção dela, e ela ergueu a mão, como que em protesto. No momento seguinte, eles se separaram e se viraram às pressas. A causa da interrupção tinha sido Stapleton, que corria como um louco na direção dos dois, com a ridícula rede pendurada atrás de si. Gesticulava, em uma quase dança de irritação, diante dos namorados. Não pude imaginar o significado daquela cena, mas parecia que Stapleton recriminava Sir Henry, que tentou dar explicações, mas ficou cada vez mais irritado quando o outro se recusou a aceitá-las. A moça permaneceu em um silêncio altivo. Finalmente Stapleton deu meia-volta e fez um sinal categórico chamando a moça, que, após um olhar hesitante para Sir Henry, foi embora com o irmão. Os gestos irritados do naturalista mostraram que a jovem estava incluída em sua fúria. O baronete ficou parado por um momento olhando para eles, depois andou lentamente pelo caminho por onde viera, com a cabeça baixa, a própria imagem da tristeza.

O que tudo aquilo significava eu não podia imaginar, mas estava profundamente envergonhado de ter testemunhado uma cena tão íntima sem o conhecimento de meu amigo. Assim, desci correndo a encosta e encontrei-me com o baronete. Seu rosto estava vermelho de raiva, e as sobrancelhas, franzidas; parecia aturdido, como se não soubesse o que fazer.

– Watson! De onde você surgiu? Não vá me dizer que veio atrás de mim, apesar de tudo.

Expliquei tudo a ele: como tinha concluído que não poderia ficar para trás, que o seguira e testemunhara o que havia ocorrido. Por um instante, ele me fuzilou com os olhos, mas irrompeu afinal numa risada triste.

– Era de se esperar que o meio dessa pradaria garantisse certa privacidade – disse –, mas que diabos! Parece que toda a região resolveu sair para me ver fazer a corte; e, por sinal, que corte lamentável! Onde você conseguiu um lugar na plateia?

– Naquele morro.

– Numa fileira bem atrás, hein? Mas o irmão dela estava nas primeiras. Você o viu se aproximar de nós?

– Sim, vi.

— Já lhe ocorreu alguma vez a possibilidade de ele ser louco, esse irmão dela?

— Não posso dizer que sim.

— Ouso dizer que não. Até hoje, sempre o considerei bastante equilibrado, mas pode acreditar em mim: ou ele ou eu deveria estar em uma camisa de força. Tem convivido comigo por algumas semanas, Watson. Diga-me francamente: há alguma coisa que me impeça de ser um bom marido para a mulher que amo?

— Eu diria que não.

— Ele não pode criticar minha posição social; portanto, deve ser de mim mesmo que tem birra. O que tem contra mim? Que eu saiba, jamais fiz algum mal a quem quer que seja. E, apesar disso, ele não me deixaria tocar na ponta dos dedos dela.

— Ele disse isso?

— Isso e muito mais. Vou lhe contar, Watson. Só a conheço há poucas semanas, mas desde o começo senti que foi feita para mim, e ela também fica feliz quando está comigo, tenho certeza! Há uma luz nos olhos de uma mulher que fala mais alto do que as palavras. Mas ele nunca permitiu que nos aproximássemos, e hoje vi, pela primeira vez, uma possibilidade de trocar algumas palavras com ela sozinho. Ela estava satisfeita de se encontrar comigo, mas, quando nos vimos, não era de amor que queria falar, e também não me teria deixado tocar no assunto, se pudesse impedir-me. Ficou repetindo que este é um lugar perigoso, e que ela nunca seria feliz até que eu partisse daqui. Eu disse que, desde o momento em que a vi, não tinha nenhuma pressa em partir e que, se ela realmente me quisesse longe daqui, a única maneira de conseguir isso seria indo comigo. Assim, praticamente a pedi em casamento, mas, antes que ela pudesse responder, lá veio o irmão, correndo para cima de nós com cara de louco. Estava até branco de raiva, e seus olhos claros queimavam de fúria. O que eu estava fazendo com a senhorita? Como eu me atrevia a oferecer a ela atenções que lhe eram desagradáveis? Pensava eu que, por ser um baronete, podia fazer o que quisesse? Se ele não fosse irmão dela, garanto-lhe que eu saberia muito bem como responder. Mas, sendo assim, expliquei que não tinha razão para me envergonhar de meus sentimentos por sua irmã e que esperava que ela me desse a honra de se tornar minha esposa. Isso não pareceu melhorar em nada as coisas, então também perdi as estribeiras! Talvez tenha lhe respondido mais acaloradamente do que devia, considerando que ela estava ali ao lado. Por fim, ele a levou embora, como você viu, e aqui estou, completamente confuso. Diga-me apenas o que tudo isso significa, Watson, e ficarei lhe devendo mais do que jamais conseguirei pagar.

Tentei uma ou duas explicações, mas, realmente, eu mesmo não estava entendendo nada. O título de nosso amigo, sua idade, sua fortuna, seu caráter e sua aparência, tudo isso conta a seu favor, e não sei de nada que o desabone, a menos que seja essa sorte tenebrosa que paira sobre sua família. É inexplicável que as investidas dele sejam rejeitadas de forma tão brusca, sem qualquer consulta à própria moça, e que ela aceite a situação sem protestos.

Contudo, nossas suposições foram interrompidas por uma visita do próprio Stapleton, naquela mesma tarde. Ele tinha vindo se desculpar pela grosseria da manhã, e, após uma longa conversa particular com Sir Henry, a conclusão foi que o rompimento das relações estava completamente sanado, e, como prova disso, devíamos jantar na Casa Merripit na próxima sexta-feira.

– Não digo que ele não seja louco – observou Sir Henry. – Não consigo esquecer seu olhar quando correu para cima de mim essa manhã. Mas devo admitir que ninguém poderia pedir desculpas de forma mais elegante.

– Deu alguma explicação para sua conduta?

– Disse que a irmã é tudo em sua vida. Isso é bastante natural, e alegro-me de ele reconhecer o valor dela. Sempre viveram juntos, e, segundo ele, sempre foi um homem muito solitário, tendo apenas a jovem como companhia, de forma que a ideia de perdê-la lhe pareceu realmente terrível. Alegou que não tinha percebido que eu me afeiçoara a ela, mas que, quando viu com seus próprios olhos que esse era o caso, e que ela poderia ser levada para longe dele, ficou tão chocado que, por um momento, perdeu a consciência do que estava dizendo ou fazendo. Lamentou-se muito por tudo o que se passara e reconheceu que era tolice e egoísmo imaginar que poderia prender para sempre uma mulher bonita como a irmã. Se ela tivesse que deixá-lo, ele preferia que fosse por um vizinho como eu, do que por qualquer outro. Mas, de qualquer maneira, foi um golpe para ele, e levaria algum tempo para se preparar para enfrentá-lo. Não fará mais nenhuma objeção, se eu prometer deixar as coisas como estão por três meses, me contentando em cultivar a amizade da moça, sem exigir seu amor. Concordei, e assim fica a questão.

Portanto, um de nossos pequenos mistérios se esclareceu. Já é alguma coisa poder tocar o pé no chão em algum lugar deste pântano, no qual estamos nos debatendo. Pelo menos sabemos por que Stapleton era contrário ao pretendente à mão de sua irmã, mesmo se tratando de um bom partido como Sir Henry.

E agora passo para outro fio que tirei de nossa teia emaranhada: o mistério dos soluços noturnos, do rosto marcado de lágrimas da Sra. Barrymore e da excursão secreta do mordomo até a janela de treliça da ala oeste. Pode me parabenizar, meu caro Holmes, e diga que não o desapontei como agente e que você não se arrepende da confiança que depositou em mim ao me mandar para cá. Todos esses fatos foram totalmente esclarecidos, depois de uma noite de trabalho.

Eu disse "uma noite de trabalho", mas, na verdade, foram duas, pois na primeira não conseguimos nada. Fiquei sentado com Sir Henry em seu quarto até quase 3h da manhã, mas não ouvimos nenhum ruído de qualquer espécie, exceto o do relógio no topo das escadas. Foi uma vigília um tanto melancólica, que terminou com cada um de nós dormindo em sua cadeira. Felizmente não desistimos e resolvemos tentar outra vez. Na noite seguinte, baixamos a luz e ficamos sentados fumando, sem fazer o menor ruído. Era incrível como as horas se arrastavam lentamente, e apesar disso fomos encorajados pelo mesmo tipo de interesse paciente que um caçador deve sentir ao vigiar a armadilha onde espera que a caça se perca. Uma badalada, duas... Quase tínhamos desistido pela segunda vez quando, com um salto, nos endireitamos nas cadeiras, com nossos sentidos fatigados novamente em alerta. Tínhamos acabado de ouvir o ranger de passos no corredor.

Ouvimos quando ele passou até sumir a distância. Em seguida, o baronete abriu a porta com cuidado e partimos em perseguição. Nosso homem já tinha contornado a galeria, e o corredor estava às escuras. Avançamos de mansinho até alcançarmos a outra ala. Chegamos bem a tempo de vislumbrar um vulto alto, de barba preta, com os ombros curvados, seguindo pé ante pé pelo corredor. Depois, entrou pela mesma porta de antes, agora emoldurada pela luz da vela que lançava um único raio amarelo no corredor sombrio. Seguimos furtivamente na direção dele, testando cada tábua do assoalho antes de nos atrevermos a pôr todo o nosso peso sobre ela. Tomamos a precaução de tirar as botas, mas, mesmo assim, as velhas tábuas rangiam e estalavam sob nossos pés. Às vezes parecia impossível ele não estar ouvindo nossa movimentação. No entanto, felizmente o homem é bastante surdo, e estava inteiramente absorvido no que fazia. Quando finalmente chegamos à porta do quarto e olhamos para dentro, vimos que ele estava debruçado à janela, com a vela na mão, o rosto branco e ansioso comprimido contra a vidraça, exatamente como eu o tinha visto duas noites antes.

Não tínhamos combinado nenhuma estratégia, mas o baronete é um homem para quem a maneira mais direta é sempre a mais natural. Ele entrou no quarto, e, no mesmo instante, Barrymore afastou-se da janela, assustado, e ficou imóvel, lívido e tremendo diante de nós. Seus olhos escuros cintilavam de horror e espanto na máscara branca do rosto, indo de Sir Henry para mim.

– O que está fazendo aqui, Barrymore?

– Nada, senhor. – Sua agitação era tão grande que ele mal conseguia falar, e as sombras subiam e desciam com o tremor de sua vela. – Era a janela, senhor. Faço uma ronda à noite, para ver se estão todas bem fechadas.

– No segundo andar?

– Sim, senhor, todas as janelas.

– Olhe aqui, Barrymore – começou Sir Henry, severo –, decidimos arrancar a verdade de você de qualquer maneira, portanto é melhor falar de uma vez. Vamos, agora! Nada de mentiras! O que estava fazendo nessa janela?

O sujeito olhou para nós, desamparado, torcendo as mãos como alguém no último limite da incerteza e da angústia.

– Não estava fazendo nada de errado, senhor. Segurava uma vela junto à janela.

– E por que estava segurando uma vela junto à janela?

– Não me pergunte, Sir Henry, não me pergunte! Dou-lhe minha palavra, senhor, que o segredo não me pertence e que não posso contar. Se não dissesse respeito a ninguém, a não ser a mim mesmo, não tentaria esconder do senhor.

Uma ideia súbita ocorreu-me, e tirei a vela da mão trêmula do mordomo.

– Ele devia estar usando-a como um sinal – sugeri. – Vejamos se alguém responde.

Segurei a vela como ele tinha feito e olhei para a escuridão da noite lá fora. Pude perceber vagamente o contorno negro das árvores e a amplidão mais clara do pântano, pois a lua estava atrás das nuvens. Em seguida soltei uma exclamação de alegria, ao ver uma minúscula luz amarela trespassando o véu escuro e brilhando firme no quadrado negro formado pela janela.

– Lá está! – exclamei.

– Não, não, senhor, não é nada... Absolutamente nada! – interrompeu o mordomo. – Garanto, senhor...

– Mova a vela pela janela, Watson! – exclamou o baronete. – Viu, a outra também se move! Agora, seu patife, vai negar que seja um sinal? Fale, vamos! Quem é o seu cúmplice lá fora, e que conspiração é essa?

O rosto do homem tornou-se abertamente desafiador.

– É um assunto meu, e não seu. Não direi.

– Então, você está despedido.

– Muito bem, senhor. Como quiser.

– E sai desacreditado. Que diabos! Devia se envergonhar. Sua família viveu com a minha debaixo deste teto por mais de cem anos, e agora pego você metido em uma trama misteriosa contra mim.

– Não, não, senhor! Não, não é contra o senhor!

Era uma voz de mulher. A Sra. Barrymore, mais pálida e horrorizada do que o marido, estava parada na porta. A figura volumosa, enrolada em um xale e uma saia, seria cômica, não fosse a intensidade das emoções em seu rosto.

– Temos que ir, Eliza. Acabou. Pode arrumar nossas coisas – disse o mordomo.

– Oh, John, John, o que lhe causei? A culpa é minha, Sir Henry, toda minha. Ele fez tudo isso por mim, porque eu pedi.

– Fale, então! O que significa isso?

– Meu pobre irmão está morrendo de fome no pântano. Não podemos deixá-lo morrer bem na frente de nossos portões. A vela é para avisá-lo que a comida está pronta, e a luz dele lá fora é para mostrar o local para onde devemos levá-la.

– Então seu irmão é...

– O condenado foragido, senhor... Selden, o criminoso.

– É verdade, senhor – confirmou Barrymore. – Disse que o segredo não me pertencia e que não tinha o direito de contá-lo. Mas agora o senhor já sabe e verá que, se há uma trama, não é contra o senhor.

Essa era, portanto, a explicação para as expedições furtivas à noite e para a luz na janela. Sir Henry e eu ficamos olhando, espantados, para a mulher. Seria possível que aquela pessoa impassível e digna tivesse o mesmo sangue que um dos criminosos mais notórios do país?

– Sim, senhor, meu nome de solteira é Selden, e ele é meu irmão caçula. Nós o mimamos demais quando era menino, deixávamos que fizesse tudo que queria, e ele acabou achando que o mundo foi feito para seu próprio prazer. Depois, quando cresceu, se meteu com más companhias, e o diabo tomou conta dele, até partir o coração de minha mãe e arrastar nosso nome para a sarjeta. De crime em crime, afundou-se cada vez mais, e apenas a misericórdia de Deus livrou-o da forca; mas para mim, senhor, ele sempre foi o garotinho de cabelos anelados que criei e com quem brinquei, como qualquer irmã mais velha faria. Foi por isso que ele fugiu da prisão, senhor. Sabia que eu estava na mansão e que não me recusaria a ajudá-lo. Quando apareceu aqui certa noite, exausto e morrendo de fome, com os guardas em seus calcanhares, o que podíamos fazer? Nós o recebemos, alimentamos e cuidamos dele. Depois o senhor chegou, e meu irmão achou que ficaria mais seguro no pântano, até passar o clamor público, e ficou escondido lá. Mas de duas em duas noites nos certificávamos de que ele ainda estava lá, pondo uma luz na janela, e, se houvesse resposta, meu marido levava um pouco de pão e carne para ele. Todo dia esperávamos que tivesse ido embora, mas, enquanto estivesse lá, não podíamos abandoná-lo. Essa é a pura verdade, pois sou uma mulher cristã e honesta, e o senhor verá que, se há culpa nessa questão, ela não cai sobre meu marido, mas sobre mim, por quem ele fez tudo isso.

As palavras da mulher repercutiam com intensa seriedade e extrema convicção.

— Isso é verdade, Barrymore?

— Sim, Sir Henry. Cada palavra.

– Bem, não posso culpá-lo por apoiar sua própria mulher. Esqueça o que eu disse. Vão para seu quarto, vocês dois, e falaremos mais sobre esse assunto pela manhã.

Depois que eles saíram, olhamos outra vez pela janela. Sir Henry a tinha aberto, e o vento frio da noite bateu em nossos rostos. Ao longe, na distância negra, ainda brilhava o ponto minúsculo de luz amarela.

– A ousadia dele me admira-me! – exclamou Sir Henry.

– A luz deve estar posicionada de tal maneira que só possa ser vista daqui.

– Bem provável. A que distância você acha que está?

– Junto ao Rochedo de Cleft, creio eu.

– A não mais de três ou quatro quilômetros de distância.

– Mal chega a tanto.

– Bem, não pode ser tão longe, se Barrymore levava a comida para ele. E ele está esperando ao lado da vela, o bandido. Diabos, Watson, vou até lá pegar esse homem!

A mesma ideia tinha me ocorrido. Não era como se os Barrymore nos tivessem confiado um segredo. Tinham confessado à força. O homem era um perigo para a comunidade, um patife condenado, para quem não havia nem piedade nem desculpa. Estaríamos apenas cumprindo nosso dever ao aproveitar essa oportunidade de pô-lo de volta na cadeia, onde não poderia mais fazer mal a ninguém. Com sua natureza brutal e violenta, outros teriam que pagar o preço, se não fizéssemos nada. Qualquer noite, por exemplo, nossos vizinhos, os Stapleton, poderiam ser atacados por ele, e talvez essa hipótese tenha deixado Sir Henry tão interessado na aventura.

– Também vou – afirmei.

– Então pegue seu revólver e calce suas botas. Quanto mais cedo partirmos, melhor, já que o sujeito pode apagar a luz e desaparecer.

Em cinco minutos já estávamos do lado de fora da porta, começando nossa expedição. Atravessamos rapidamente o matagal escuro, cercados pelo gemido monótono do vento de outono e o farfalhar das folhas que caíam. O ar da noite estava pesado, com cheiro de umidade e podridão. De vez em quando, a lua surgia por um instante, mas as nuvens estavam se movendo, rápidas, e exatamente quando chegamos no pântano uma chuva fina começou a cair. A luz ainda brilhava firme à nossa frente.

– Você está armado? – perguntei.

– Trouxe um chicote de caça.

– Temos de nos aproximar dele rapidamente, pois dizem que o sujeito é muito violento. Devemos apanhá-lo de surpresa e dominá-lo, antes que possa resistir.

– Watson – disse o baronete –, o que Holmes diria agora? E quanto às horas sombrias em que as forças do mal estão exaltadas?

Como em resposta às suas palavras, cresceu de repente na escuridão aquele estranho grito que eu já tinha ouvido nas margens do grande pântano de Grimpen. Foi trazido pelo vento, através do silêncio da noite: um murmúrio longo e profundo, depois um uivo crescente e, em seguida, o gemido triste que silenciava. Repetiu-se várias vezes, vibrando no ar, estridente, selvagem, ameaçador. O baronete agarrou-me pela manga, e seu rosto pálido reluzia na escuridão.

– Que diabos é isso, Watson?

– Não sei. É um som do pântano. Eu o ouvi uma vez antes.

Não se ouviu mais o som, e o silêncio absoluto nos cercou. Ficamos parados, ouvindo atentamente, mas... nada.

– Watson – disse o baronete –, foi um uivo de cachorro.

Senti o sangue gelar nas veias, pois havia em sua voz uma pausa que revelava o horror repentino que tinha se apoderado dele.

– Como eles chamam esse som? – perguntou.

– Quem?

– Os moradores da região.

– Oh, são pessoas ignorantes. Por que você deveria se importar com o modo como o chamam?

– Diga-me, Watson. O que dizem dele?

Hesitei um pouco, mas não pude fugir à pergunta.

– Dizem que é o uivo do cão dos Baskerville.

Ele grunhiu e ficou em silêncio por alguns instantes.

– Era de um cão – disse, por fim –, mas parecia vir de quilômetros de distância, bem ao longe, acho eu.

– Difícil dizer de onde vinha.

– Aumentava e diminuía com o vento. O grande pântano de Grimpen não fica naquela direção?

– Sim, fica.

– Bem, veio de lá. Diga, Watson, você não acha que era o uivo de um cão? Não sou criança. Você não precisa ter medo de dizer a verdade.

– Stapleton estava comigo quando o ouvi pela primeira vez. Ele disse que poderia ser o canto de alguma ave estranha.

– Não, não, era um cão. Céus, será que há alguma verdade em todas essas histórias? Será possível que eu realmente corra perigo de vida por causa tão sombria? Não acredita nisso, não é, Watson?

– Não, não.

– No entanto, uma coisa é rir disso em Londres, outra é ficar parado aqui fora, na escuridão do pântano, e ouvir um grito desses. E meu tio? Havia a pegada do cão ao lado de seu corpo caído. Tudo se encaixa. Não me considero um covarde, Watson, mas esse som gelou-me o sangue. Sinta a minha mão!

Estava fria como um bloco de mármore.

– Você estará bem amanhã.

– Acho que não vou conseguir tirar esse grito da minha cabeça. E agora, o que aconselha que façamos?

– Vamos voltar?

– Não, de jeito nenhum! Saímos para pegar nosso homem, e é isso que vamos fazer. Nós atrás do prisioneiro, e o cão do inferno atrás de nós. Venha! Vamos até o fim, enfrentando todos os demônios soltos no pântano.

Cambaleamos pela escuridão, com o vulto negro das colinas escarpadas à nossa volta e o pontinho amarelo de luz, firme, à frente. Não há nada tão enganador quanto a distância de uma luz numa noite escura como breu: às vezes o brilho parecia estar no horizonte remoto, e outras, a poucos passos de nós. Mas finalmente pudemos ver de onde ela vinha: estávamos muito perto. Uma vela derretia, enfiada em uma fenda nas rochas, que a protegia do vento e também impedia que fosse vista de qualquer outro lugar, salvo da Mansão Baskerville. Uma grande rocha de granito ocultou nossa aproximação, e, agachados atrás dela, espiamos o sinal luminoso. Era estranho ver aquela vela solitária queimando ali no meio do pântano, sem nenhum sinal de vida nas proximidades, apenas a chama isolada, amarela, e o brilho de cada lado da rocha.

– O que faremos agora? – cochichou Sir Henry.

– Esperamos aqui. Ele deve estar perto da luz. Vamos ver se conseguimos avistá-lo.

As palavras mal saíram da minha boca, e nós dois o vimos. No alto da rocha em cuja fenda a vela queimava, surgiu um rosto amarelo, mau, bestial, todo enrugado e marcado por paixões vis. Sujo de lama, com a barba crescida e os cabelos emaranhados, aquele rosto bem podia pertencer a um daqueles antigos selvagens que habitaram as cavernas das encostas das colinas. A luz abaixo dele se refletia nos olhos pequenos e astutos, que olhavam ferozes para um lado e para o outro na escuridão, como um esperto animal selvagem que ouve passos de caçadores.

Era óbvio que suspeitava de algo. Pode ser que Barrymore tivesse algum sinal secreto que desconhecíamos, ou o sujeito podia ter algum outro motivo para supor que algo estava errado, mas, sem dúvida, pude perceber o temor em seu rosto perverso. A qualquer instante ele poderia apagar a luz e desaparecer na escuridão. Por isso, saltei para a frente, e Sir Henry fez o mesmo. No mesmo instante, o bandido praguejou algo na nossa direção e atirou uma pedra, que se espatifou na rocha que nos tinha servido de abrigo. Vi de relance seu vulto baixo, atarracado e forte, quando, com um pulo, ele se virou para fugir. Nesse momento, por feliz coincidência, a lua surgiu no meio das nuvens. Corremos pela borda da colina, e lá estava nosso homem, descendo desatinado pelo outro lado, saltando sobre as pedras no caminho com a agilidade de um cabrito montês. Um longo tiro bem dado poderia tê-lo estropiado, mas eu tinha trazido meu revólver apenas para me defender se fosse atacado, e não para atirar em um fugitivo desarmado.

O baronete e eu éramos corredores velozes e em boa forma, mas logo percebemos que não tínhamos nenhuma chance de alcançá-lo. Nós o vimos por muito tempo sob a luz da lua, até que se tornasse apenas um pequeno ponto correndo entre as pedras, na encosta de uma colina distante. Corremos muito, até ficarmos totalmente sem fôlego, mas a distância entre nós foi aumentando cada vez mais. Finalmente, resolvemos parar e nos sentamos, ofegantes, sobre duas pedras, enquanto o observávamos desaparecer a distância.

E foi nesse momento que uma coisa muito estranha e inesperada ocorreu. Tínhamos nos levantado e estávamos nos preparando para voltar para casa, desistindo de nossa perseguição inútil. A lua estava baixa no céu, à direita, e o cume irregular de um monte de granito erguia-se sobre a curva inferior de seu disco prateado. Lá, delineada, tão preta como uma estátua de ébano sobre o fundo brilhante, vi a silhueta de um homem sobre a rocha de granito. Não pense que era ilusão de ótica, Holmes. Garanto-lhe que nunca vi nada com tanta nitidez. Pelo que pude observar, era o vulto de um homem alto e magro. Parado, com as pernas um pouco afastadas, os braços cruzados e a cabeça inclinada, parecia meditar sobre a imensidão de turfa e granito que se estendia a seus pés. Talvez fosse o próprio espírito daquele terrível lugar. Não era o fugitivo. Esse homem estava longe do lugar onde o bandido tinha desaparecido. Além disso, era muito mais alto. Com um grito de surpresa, apontei-o para o baronete, mas, enquanto me virava para agarrar seu braço, o homem desapareceu. O pico de granito ainda recortava a margem inferior da lua, mas sobre ele não havia nenhum traço do vulto silencioso e imóvel.

Minha vontade era ir naquela direção e revistar o rochedo, mas ele estava bem distante. Os nervos do baronete ainda estavam à flor da pele, depois de ouvir o uivo que evocava a soturna história de sua família, e ele não estava disposto a novas aventuras. Não vira o homem solitário sobre o pico rochoso e não experimentara o calafrio que a estranha presença, com sua atitude dominadora, tinha provocado em mim.

— Um guarda, sem dúvida — concluiu ele. — Há muitos espalhados pelo pântano, desde que esse bandido fugiu.

Bem, talvez essa explicação estivesse correta, mas eu gostaria de ter alguma confirmação. Hoje pretendemos informar às autoridades de Princetown onde devem procurar o fugitivo, mas é uma pena não termos conseguido experimentar o triunfo de trazê-lo de volta, como nosso prisioneiro.

Essas são as aventuras da noite passada, e você há de reconhecer, meu caro Holmes, que este relatório não deixa nada a desejar. Sem dúvida, muito do que contei será irrelevante, mas, de qualquer forma, achei melhor comunicar-lhe todos os fatos e deixá-lo escolher por si mesmo os que serão mais úteis para suas conclusões. Com certeza estamos fazendo algum progresso. No que diz respeito aos Barrymore, descobrimos o motivo de seus atos, o que esclareceu bastante a situação. Mas o pântano, com seus mistérios e seus estranhos habitantes, continua tão insondável quanto antes. Talvez, em meu próximo relatório, possa ser capaz de lançar alguma luz sobre isso também. O ideal seria que você pudesse vir até aqui.

Capítulo 10

TRECHO DO DIÁRIO
DO DR. WATSON

Até aqui, pude transcrever os relatórios que enviei para Sherlock Holmes nesses primeiros dias. Agora, porém, cheguei a um ponto da narrativa em que sou obrigado a abandonar esse método e confiar mais uma vez em minhas lembranças, como auxílio para o diário que escrevia na época. Alguns extratos dele me levarão àquelas cenas tão definitivamente guardadas, com todos os seus detalhes, em minha memória. Continuo, então, da manhã seguinte à nossa vã perseguição ao condenado e às nossas outras experiências estranhas no pântano.

16 de outubro – Um dia feio e nublado, com garoa. A casa está envolta em nuvens, que de vez em quando se elevam, deixando à mostra os contornos sombrios do pântano, com veios finos, prateados, cortando as encostas das colinas e as rochas distantes, brilhando nos pontos onde a luz bate em sua face molhada. A melancolia reina no interior e no exterior da mansão. A reação do baronete às emoções da noite anterior é pesada. Eu mesmo sinto um aperto no peito e uma sensação de perigo iminente

– um perigo sempre presente, ainda mais terrível porque não consigo defini-lo.

E não teria motivos para esse sentimento? Considere a longa sequência de incidentes, todos apontando para uma força sinistra operando à nossa volta. Primeiro, a morte do último ocupante da mansão, correspondendo com tanta precisão à lenda da família. Além disso, os vários relatos dos camponeses sobre a aparição de uma estranha criatura no pântano. Duas vezes ouvi com meus próprios ouvidos o som que parecia o uivo distante de um cão. É incrível que tudo isso escape às leis normais da natureza. Com certeza, não se pode conceber a ideia de um cão fantasmagórico que deixa pegadas materiais e enche o ar com seu uivo. Stapleton pode acreditar nessa superstição, e Mortimer também, mas, quanto a mim, se tenho uma qualidade, essa é o bom senso, e nada me levará a acreditar em uma coisa dessas. Seria me igualar a esses pobres camponeses, que não se satisfazem com um simples cão selvagem e precisam descrevê-lo com a boca e os olhos lançando o fogo do inferno. Holmes não perderia tempo com essas fantasias, e estou aqui como seu representante. Mas fatos são fatos, e já ouvi duas vezes o tal uivo. Suponhamos que haja realmente um cão enorme solto por lá: seria uma ótima explicação para tudo isso. Mas onde um cão desses poderia se esconder, onde conseguiria comida, de onde viria, como é possível que ninguém o tenha visto de dia? É preciso admitir que a explicação natural apresenta quase tantas dificuldades quanto a outra. Além disso, houve o fato da interferência humana em Londres: o homem do cabriolé e a carta que preveniu Sir Henry dos perigos do pântano. Esses fatos, pelo menos, eram reais, mas poderiam não ser obra de um inimigo, e sim de um amigo tentando proteger Sir Henry.

Onde está esse amigo ou inimigo agora? Ficou em Londres, ou nos seguiu até aqui? Seria ele o estranho que vi sobre o pico rochoso?

É verdade que só o vi uma vez, de relance, mas, apesar disso, há algumas coisas das quais tenho total convicção. Não é ninguém que eu já tenha visto aqui, e, a esta altura, já conheço todos os vizinhos. O vulto era muito mais alto do que Stapleton, muito mais magro do que Frankland. Poderia ter sido Barrymore, mas ele tinha ficado na mansão, e tenho certeza de que não poderia ter ido atrás de nós. Então, um estranho ainda está nos seguindo, da mesma forma que aconteceu em Londres. Não conseguimos despistá-lo. Se conseguisse pôr minhas mãos nesse homem, poderíamos finalmente dar um fim às nossas dificuldades. A partir de agora, devo dedicar todas as minhas energias a esse único propósito.

Meu primeiro impulso foi contar meus planos a Sir Henry. Meu segundo, e mais sensato, foi agir sozinho e falar o mínimo possível com qualquer pessoa. O baronete anda silencioso e distraído. Seus nervos tinham sido estranhamente abalados por aquele som no pântano. Não direi nada que aumente as preocupações dele, mas tomarei minhas próprias providências para atingir meus objetivos.

Esta manhã, após o café, aconteceu algo interessante. Barrymore pediu licença para falar com Sir Henry, e eles ficaram fechados em seu escritório por algum tempo. Sentado na sala de bilhar, mais de uma vez ouvi o tom das vozes se elevar, e tive uma noção bastante boa do tema da discussão. Após certo tempo, o baronete abriu a porta e me chamou.

— Barrymore tem uma queixa a fazer — explicou. — Considera que foi injusto de nossa parte tentar capturar seu cunhado, já que ele, por sua espontânea vontade, nos revelou seu segredo.

O mordomo estava parado diante de nós, muito pálido, mas controlado.

– Talvez tenha me excedido, senhor – disse ele –, e, se o fiz, peço que me perdoe. Ao mesmo tempo, fiquei muito surpreso quando ouvi os dois cavalheiros voltarem esta manhã e soube que tinham ido atrás de Selden. O coitado já tem problemas suficientes, sem que eu ponha mais gente no seu rastro.

– Se tivesse nos contado por sua livre e espontânea vontade, teria sido totalmente diferente – começou o baronete. – Você só nos contou, ou melhor, viu sua mulher nos contar, quando foi forçado e não pôde evitar.

– Não pensei que os senhores fossem tirar vantagem dessa informação, Sir Henry. Realmente não pensei.

– O homem é uma verdadeira ameaça. Há casas isoladas, espalhadas pelo pântano, e ele é um sujeito capaz de qualquer coisa. Basta dar uma olhada em seu rosto para perceber isso. Veja a casa do Sr. Stapleton, por exemplo, que só tem o próprio para defendê-la. Ninguém estará seguro enquanto ele não estiver atrás das grades.

– Ele não invadirá nenhuma casa, senhor. Dou-lhe minha palavra de honra. Ele nunca mais incomodará ninguém neste país. Garanto, Sir Henry, que dentro de poucos dias as providências necessárias terão sido tomadas e ele estará a caminho da América do Sul. Por Deus, senhor, imploro que não avise à polícia que ele ainda está no pântano. Eles desistiram da busca aqui, e ele pode ficar escondido, tranquilo, até o navio estar pronto para partir. Se o denunciar, vai causar problemas para mim e minha mulher. Peço-lhe, senhor, que não diga nada à polícia.

– O que acha, Watson?

Dei de ombros.

– Sua saída do país aliviaria os contribuintes de um encargo.

– Mas e quanto à possibilidade de ele assaltar alguém antes de ir embora?

– Ele não faria uma loucura dessas, senhor. Fornecemos a ele tudo de que precisa. Cometer um crime seria revelar onde está escondido.

– Isso é verdade – concordou Sir Henry. – Bem, Barrymore...

– Agradeço-lhe, senhor, do fundo do meu coração! Se ele fosse preso outra vez, seria a morte para minha pobre mulher.

– Suponho que estamos acobertando e apoiando um crime, Watson. Mas, depois do que ouvimos, acho que não poderia entregar o homem. O assunto, portanto, está encerrado. Está bem, Barrymore, pode ir.

Com poucas palavras embargadas de gratidão, o mordomo se virou, mas hesitou e voltou.

– O senhor foi tão bom para nós, senhor, que gostaria de retribuir da melhor maneira possível. Tenho uma informação, Sir Henry, e talvez devesse ter lhe dito antes, mas foi só muito depois do inquérito que eu a descobri. Ainda não disse uma palavra sequer sobre isso a ninguém. É sobre a morte do pobre Sir Charles.

O baronete e eu ficamos ambos de pé.

– Sabe como ele morreu?

– Não, senhor, isso eu não sei.

– O que é, então?

– Sei por que ele esteve no portão àquela hora: foi encontrar-se com uma mulher.

– Encontrar-se com uma mulher? Ele?

– Sim, senhor.

– E o nome da mulher?

– Não posso informar o nome, senhor, mas posso lhe dar as iniciais: L.L.

– Como sabe disso, Barrymore?

– Bem, Sir Henry, seu tio recebeu uma carta naquela manhã. Ele costumava receber muitas cartas, pois era uma personalidade pública e famosa por seu bom coração, de forma que todo mundo com problemas recorria a ele. Mas naquela manhã, por acaso, havia apenas essa carta; portanto, prestei mais atenção a ela. Vinha de Coombe Tracey e estava endereçada com caligrafia de mulher.

– Então?

– Bem, senhor, não pensei mais no assunto, e não teria voltado a pensar, se não fosse por minha mulher. Há algumas semanas, ela estava limpando o escritório de Sir Charles, que nunca fora tocado depois de sua morte, e encontrou no fundo da lareira as cinzas de uma carta queimada. A maior parte dela estava carbonizada, mas um pequeno pedaço, o fim de uma página, se conservara, e a escrita ainda estava legível, embora estivesse cinzenta sob um fundo preto. Parecia ser o pós-escrito de uma carta e dizia: "Por favor, como o senhor é um cavalheiro, queime esta carta e esteja no portão às 10h". Abaixo estavam assinadas as iniciais L.L.

– Você guardou esse pedaço?

– Não, senhor, esfarelou-se quando mexemos nele.

– Sir Charles recebera alguma outra carta com a mesma letra?

– Bem, senhor, eu não prestava muita atenção às suas cartas. Não notaria essa, caso não tivesse sido a única a chegar.

– E não tem nenhuma ideia de quem seja L.L.?

– Não, senhor. Sei tanto quanto o senhor. Mas imagino que, se pudermos descobrir quem é essa dama, saberemos mais sobre a morte de Sir Charles.

– Não posso compreender, Barrymore, por que você e sua esposa ocultaram essa informação importante.

– Bem, senhor, o fato aconteceu logo após aquele nosso próprio problema ter começado. Além disso, senhor, nós dois gostávamos muito de Sir Charles, como devíamos, considerando tudo o que tinha feito por nós. Revelar isso não ajudaria nosso pobre patrão, e, quando há uma senhora no caso, convém ter cuidado. Mesmo o melhor de nós...

– Você achou que isso podia prejudicar a reputação de meu tio?

– Bem, senhor, achei que nada de bom resultaria disso. Mas agora o senhor foi tão amável conosco, que achei que estaria sendo injusto não lhe contando tudo o que sei a respeito.

– Muito bem, Barrymore, pode ir.

Quando o mordomo saiu, Sir Henry virou-se para mim:

– Então, Watson, o que acha dessa nova informação?

– Parece que ela deixa a escuridão mais negra do que antes.

– Também penso assim. Mas se pelo menos conseguirmos identificar L.L., a coisa toda poderia ser esclarecida. Tiramos uma vantagem disso: se pudermos encontrá-la, teremos alguém com conhecimento dos fatos. O que acha que devemos fazer?

– Informar tudo a Holmes imediatamente. Daremos a ele a pista que vem procurando. Duvido muito que isso não o traga direto para cá.

Na mesma hora, fui para meu quarto e escrevi para Holmes um relatório da conversa da manhã. Era evidente, para mim, que ele estava muito ocupado ultimamente, pois os bilhetes que eu vinha recebendo de Baker Street eram raros e curtos, sem nenhum comentário sobre as informações que fornecera e quase nenhuma referência à minha missão. Sem dúvida, o caso da chantagem está absorvendo toda a sua atenção. Mesmo assim, esse novo fator deveria com certeza atrair e renovar seu interesse. Gostaria que ele estivesse aqui!

17 de outubro – Choveu o dia todo hoje, fazendo a hera farfalhar e a água pingar dos beirais. Pensei no fugitivo lá fora, no pântano descampado, frio e sem abrigo. Pobrediabo! Quaisquer que fossem seus crimes, já tinha sofrido o bastante para expiá-los. Depois pensei no outro: o rosto do cabriolé, o vulto contra a lua. Estaria também ele lá fora naquele dilúvio... o vigilante invisível, o homem da escuridão? À noite, vesti minha capa de chuva e dei uma longa caminhada pelo pântano encharcado, cheio de fantasias sombrias, com a chuva batendo em meu rosto e o vento assoviando em meus ouvidos. Boa sorte para aqueles que vagam agora pelo grande pântano, pois mesmo as terras firmes e altas estão se tornando um atoleiro! Encontrei o pico rochoso preto sobre o qual tinha visto o observador solitário e, de seu cume irregular, olhei para as encostas melancólicas. Pancadas de chuva batiam na superfície avermelhada, e as nuvens pesadas, cor de ardósia, pairavam baixas sobre a paisagem, envolvendo em espirais cinzentas as faces das fantásticas colinas. Em um vale distante, à esquerda, meio escondidas pela neblina, as duas torres finas da Mansão Baskerville erguiam-se

sobre as árvores. Eram os únicos sinais de vida humana que podiam ser vistos, exceto pelas cabanas pré-históricas espalhadas sobre as encostas das colinas. Em lugar algum havia qualquer sinal daquele homem solitário que eu tinha visto ali, duas noites antes.

No caminho de volta, fui alcançado pelo Dr. Mortimer, conduzindo sua charrete por uma trilha irregular do pântano, que saía da casa de fazenda isolada de Foulmire. Ele tem sido muito atencioso conosco, e é raro o dia em que não vem à mansão para saber como estamos. Insistiu para que eu subisse em sua charrete e me deu uma carona para casa. Estava muito perturbado pelo desaparecimento do seu pequeno spaniel. Ele tinha fugido para o pântano e não voltara. Tentei consolá-lo, mas lembrei-me do pônei no pântano de Grimpen e me convenci de que ele não voltará a ver seu cachorrinho.

— A propósito, Mortimer — disse, enquanto nos sacudíamos pela estrada irregular —, suponho que não haja muitas pessoas morando nas redondezas que o senhor não conheça, certo?

— Dificilmente, acho eu.

— Conheceria, então, alguma mulher cujas iniciais sejam L.L.?

— Não — respondeu ele. — Há alguns ciganos e trabalhadores sobre os quais não posso responder, mas entre os fazendeiros ou a pequena nobreza não há ninguém com essas iniciais. Espere um pouco... — acrescentou, após uma pausa. — Laura Lyons. As iniciais dela são L.L., mas mora em Coombe Tracey.

— Quem é ela? — perguntei.

— A filha de Frankland.

— O quê? Do velho Frankland, o maluco?

– Exatamente. Ela se casou com um artista chamado Lyons, que vinha desenhar no pântano. Ele acabou se mostrando um patife e a abandonou. A culpa, pelo que ouvi, não foi só dele. O pai não quis mais saber dela, porque se casara sem o seu consentimento e talvez também por um ou dois outros motivos. Assim, entre os dois trastes, o velho e o moço, a garota tem passado um mau pedaço.

– De que vive ela?

– Imagino que o velho Frankland lhe dê uma mesada miserável, mas não deve ser muito, pois seus próprios negócios estão consideravelmente comprometidos. Por mais que tenha merecido, não se podia permitir que ela caísse em desgraça: sua história circulou, e várias pessoas aqui a ajudaram, para permitir que ganhasse a vida honestamente. Stapleton foi um, e Sir Charles, outro. Eu mesmo contribuí com uma pequena quantia. Era para que se estabelecesse como datilógrafa.

Ele quis saber a razão de minhas perguntas, mas consegui satisfazer sua curiosidade sem contar muito, pois não há por que confiarmos em quem quer que seja. Amanhã de manhã irei a Coombe Tracey, e, se conseguir encontrar essa Sra. Laura Lyons, de reputação duvidosa, teremos dado um grande passo no sentido de esclarecer um incidente nessa cadeia de mistérios. Com certeza, estou adquirindo a sabedoria da serpente, pois, quando Mortimer insistiu em seu questionamento, a ponto de ser inconveniente, perguntei-lhe casualmente a que tipo pertencia o crânio de Frankland. Com isso, craniologia foi o único assunto durante o resto de nossa viagem. Não foi impunemente que morei anos com Sherlock Holmes!

Tenho apenas mais um incidente a relatar neste dia tempestuoso e melancólico. Trata-se de minha conversa, ainda há pouco, com Barrymore, que me forneceu mais um trunfo para usar no devido tempo. Mortimer tinha ficado para jantar e depois sentou-se com o baronete para um carteado. O mordomo trouxe meu café na biblioteca, e aproveitei a oportunidade para lhe fazer algumas perguntas.

– Então... – comecei. – Seu estimado parente já partiu, ou ainda está escondido lá fora?

– Não sei, senhor. Tenho fé que tenha partido, pois só causou problemas aqui! Não tive mais notícias dele, desde que lhe deixei comida da última vez, e isso foi há três dias.

– Você o viu, então?

– Não, senhor, mas a comida tinha desaparecido quando fui lá depois.

– Então, com certeza ele ainda estava lá?

– Parece que sim, senhor, a menos que o outro homem a tenha pegado.

Sentado, com a xícara de café a meio caminho dos lábios, fixei os olhos em Barrymore.

– Você sabe do outro homem, então?

– Sim, senhor; há outro homem no pântano.

– Você o viu?

– Não, senhor.

– Como sabe dele, então?

– Selden me falou sobre ele, senhor, há uma semana ou mais. Está escondido também, mas não é um fugitivo, que eu saiba. Não gosto disso, Dr. Watson. Digo-lhe francamente, senhor, não gosto nada disso – afirmou, com um tom enfático, tomado por forte emoção.

– Agora ouça, Barrymore! Meu único interesse nesse assunto é o que diz respeito a seu patrão. Vim para cá com um único objetivo: ajudá-lo. Diga-me francamente: do que é que você não gosta?

Barrymore hesitou por um momento, como se estivesse arrependido de seu desabafo, ou achasse difícil exprimir em palavras os próprios sentimentos.

– De tudo o que está acontecendo, senhor – exclamou por fim, apontando a mão na direção da janela que dava para o pântano, onde a chuva batia. – Há alguma coisa errada acontecendo, e há uma perversidade terrível envolvida em tudo isso, posso jurar! Ficaria muito satisfeito, senhor, se Sir Henry voltasse para Londres!

– Mas o que exatamente o assusta?

– Veja a morte de Sir Charles. Havia pura maldade ali, apesar de tudo o que o juiz declarou. E esses ruídos no pântano, à noite! Não há um único homem que ouse atravessá-lo depois do pôr do sol, nem por todo o dinheiro do mundo. E esse estranho escondido lá fora, observando, esperando! O que ele está esperando? O que significa isso? Não pode ser nada de bom para alguém de nome Baskerville. Muito me alegrará largar isso tudo, no dia em que os novos empregados de Sir Henry estiverem prontos para cuidar da mansão.

– Mas e quanto a esse estranho? – perguntei. – Você pode me contar alguma coisa sobre ele? O que Selden disse? Sabe onde ele se esconde ou o que está fazendo?

– Selden o viu uma ou duas vezes, mas o sujeito é muito reservado e não conta nada. A princípio, pensou que ele fosse da polícia, mas logo descobriu que também estava em algum tipo de apuro. Trata-se de um cavalheiro, pelo que pôde ver, mas o que estava fazendo ele não conseguiu saber.

– E onde ele disse que o homem vivia?

– Nas velhas casas da encosta da colina... Nas cabanas de pedra onde o povo antigo morava.

– E quanto à comida?

– Selden descobriu que há um rapaz que trabalha para ele: leva e traz tudo de que ele precisa. Arrisco-me a dizer que vai buscar as coisas em Coombe Tracey.

– Muito bem, Barrymore. Voltaremos a falar sobre isso em alguma outra ocasião.

Quando o mordomo saiu, fui até a janela escura e olhei, pela vidraça embaçada, para as nuvens que passavam e para o contorno agitado das árvores varridas pelo vento. A noite estava tempestuosa, e imaginei como seria estar em uma cabana de pedra no pântano. Que ódio extremo poderia levar um homem a se esconder em um lugar desses, num tempo como esse? E que objetivo profundo e sério poderia ter que compensasse tal sacrifício? Lá, naquela cabana no pântano, parece estar o centro do problema que tanto me perturba. Juro que não se passará outro dia sem que eu tenha feito todo o possível para chegar ao âmago do mistério.

Capítulo 11

O HOMEM DO ROCHEDO

O trecho de meu diário particular que constitui o capítulo anterior levou minha narrativa para o dia 18 de outubro, momento no qual aqueles estranhos acontecimentos começaram a se desenrolar rapidamente, até sua terrível conclusão. Os incidentes dos poucos dias que se seguiram estão gravados em minha memória para sempre, e posso contá-los sem recorrer às anotações feitas na ocasião. Começo, portanto, do dia seguinte àquele em que tinha descoberto dois fatos de grande importância: o primeiro, que a Sra. Laura Lyons, de Coombe Tracey, tinha escrito para Sir Charles Baskerville e marcado um encontro com ele na hora e no lugar exatos em que ele veio a morrer; o outro, que o homem escondido no pântano podia ser encontrado nas cabanas de pedra na encosta da colina. Com o conhecimento desses dois fatos, achei que, se não conseguisse lançar alguma outra luz sobre aqueles lugares escuros, minha inteligência ou minha coragem deviam ser deficientes.

Na noite anterior, não tive oportunidade de contar ao baronete o que ficara sabendo sobre a Sra. Lyons, pois o Dr. Mortimer ficou jogando cartas com ele até muito tarde. No café da manhã, contudo, informei-o sobre minha descoberta e perguntei-lhe se gostaria de me acompanhar até Coombe Tracey. No início, ele ficou ansioso para ir, mas, pensando melhor, chegamos à conclusão de que, se eu fosse sozinho, os resultados poderiam ser melhores. Quanto mais formal fosse a visita, menos informações poderíamos obter. Assim, deixei Sir Henry para trás, não sem um peso na consciência, e parti para minha nova investigação.

Quando cheguei a Coombe Tracey, pedi a Perkins que guardasse os cavalos e comecei a indagar sobre a senhora que viera interrogar. Não tive nenhuma dificuldade em descobrir onde era sua residência, que ficava em um lugar central e bem localizado. Uma criada me recebeu sem muita cerimônia, e, quando entrei na sala, uma senhora que estava sentada diante de uma máquina de escrever Remington levantou-se de um salto, com um sorriso simpático de boas-vindas. Porém sua fisionomia ficou desapontada quando viu que era um estranho, e sentou-se novamente, perguntando o objetivo de minha visita.

A primeira impressão causada pela Sra. Lyons era de uma extrema beleza. Seus olhos e cabelos tinham a mesma cor forte, castanho-avermelhada, e suas faces, embora muito sardentas, eram coradas pelo rubor encantador das morenas. Assim, repito, minha primeira impressão foi de admiração. Mas a segunda foi de crítica. Havia alguma coisa sutilmente errada no rosto, certa vulgaridade de expressão, talvez certa dureza no olhar e uma frieza nos lábios que desfiguravam sua beleza perfeita. Mas essas observações, naturalmente, aconteceram *a posteriori*. Na hora, a única coisa que percebi foi que estava na presença de uma mulher muito bonita, que me perguntava o motivo de minha visita. Até aquele instante, ainda não tinha compreendido bem como minha missão era delicada.

– Tenho o prazer – disse eu – de conhecer seu pai.

Essa foi uma apresentação desastrada, e ela me fez sentir isso.

– Não tenho nada em comum com meu pai – respondeu. – Não devo nada a ele, e seus amigos não são meus amigos. Se não fosse pelo falecido Sir Charles Baskerville e alguns outros corações generosos, eu poderia morrer de fome, e meu pai pouco se importaria.

– É exatamente sobre o falecido Sir Charles Baskerville que vim conversar com a senhora.

Suas sardas ficaram mais intensas.

– O que posso lhe dizer sobre ele? – perguntou ela, e seus dedos tocaram nervosamente as teclas da máquina de escrever.

– A senhora o conhecia, certo?

– Já disse que devo muito à sua generosidade. Se posso me manter hoje em dia é, em grande parte, graças ao interesse que ele teve por minha trágica situação.

– Correspondia-se com ele?

Ela ergueu rapidamente os olhos castanhos, com um brilho de raiva.

– Qual o objetivo dessas perguntas? – perguntou, com aspereza.

– O objetivo é evitar um escândalo público. É melhor eu fazê-las aqui do que o assunto sair de nosso controle.

Ela ficou em silêncio, e seu rosto ficou ainda mais pálido. Por fim, ergueu os olhos de uma maneira um tanto desafiadora.

– Bem, vou responder – disse. – O que quer saber?

– A senhora se correspondia com Sir Charles?

– Sem dúvida, escrevi-lhe uma ou duas vezes, para agradecer sua delicadeza e generosidade.

– A senhora sabe as datas dessas cartas?

– Não.

– A senhora alguma vez se encontrou com ele?

– Sim, uma ou duas vezes, quando ele veio a Coombe Tracey. Era um homem muito reservado e preferia fazer o bem discretamente.

– Mas se a senhora o viu e lhe escreveu tão raramente, como ele podia estar informado o suficiente sobre seus negócios para poder ajudá-la, como diz que ele fez?

Ela enfrentou minha dúvida com a máxima presteza.

– Havia vários cavalheiros que conheciam minha triste história e se uniram para me ajudar. Um foi o Sr. Stapleton, vizinho e amigo íntimo de Sir Charles. Ele foi muito bondoso, e foi através dele que Sir Charles ficou sabendo da minha situação.

Eu já sabia que, em várias ocasiões, Sir Charles Baskerville fizera doações através de Stapleton, e essa afirmação parecia confirmar isso.

– Alguma vez escreveu a Sir Charles pedindo a ele para encontrar-se com a senhora? – continuei.

Mais uma vez, a Sra. Lyons corou de raiva.

– Realmente, senhor, essa é uma pergunta um tanto inusitada!

– Desculpe, madame, mas sou forçado a repeti-la.

– Então respondo: certamente não.

– Nem no próprio dia da morte de Sir Charles?

A cor em suas faces desapareceu num instante, e um rosto mortalmente pálido surgiu diante de mim. Seus lábios secos não conseguiram pronunciar o "não" que eu mais vi do que ouvi.

— Com certeza, sua memória a engana — retruquei.

— Posso até citar uma passagem de sua carta: "Por favor, como o senhor é um cavalheiro, queime esta carta e esteja no portão às 10h".

Pensei que ela fosse desmaiar, mas se recompôs com um esforço supremo.

— Será que não existem mais cavalheiros? — perguntou, ofegante.

— A senhora está sendo injusta com Sir Charles. Ele realmente queimou a carta. Mas, às vezes, uma carta continua legível, mesmo depois de queimada. Reconhece que foi a senhora que a escreveu?

— Sim, reconheço — respondeu, derramando sua alma em uma torrente de palavras. — Eu a escrevi. Por que haveria de negar? Não tenho razão alguma para me envergonhar disso. Queria que me ajudasse. Pensei que, se conversasse com ele, poderia obter ajuda. Por isso, pedi que nos encontrássemos.

— Mas por que em uma hora tão tardia?

— Porque tinha acabado de ficar sabendo que ele partiria para Londres no dia seguinte e talvez passasse meses fora. E havia razões pelas quais eu não conseguiria chegar lá mais cedo.

— Mas por que um encontro no jardim, e não uma visita à casa?

— O senhor acha que uma mulher deveria ir, àquela hora, à casa de um homem solteiro?

— Bem, o que aconteceu quando chegou lá?

— Eu não fui.

— Sra. Lyons!

– Não, juro por tudo o que me é mais sagrado. Acabei não indo. Algo aconteceu que me impediu de ir.

– O quê?

– Uma questão particular. Não posso contar.

– A senhora reconhece, então, que marcou um encontro com Sir Charles na hora e no lugar exatos em que ele morreu, mas nega ter comparecido.

– Essa é a verdade.

Interroguei-a repetidas vezes, sem consegui ir além desse ponto.

– Sra. Lyons – disse, quando me levantei, dando por encerrado esse longo e inconclusivo interrogatório –, a senhora está assumindo uma enorme responsabilidade e colocando-se numa posição extremamente ambígua, ao se recusar a contar tudo o que sabe. Se eu tiver de pedir ajuda à polícia, a senhora verá que está seriamente comprometida. Se é inocente, por que, de início, negou ter escrito a Sir Charles naquela data?

– Porque receava que alguma falsa conclusão pudesse ser tirada disso, e eu acabasse envolvida num escândalo.

– E por que insistiu tanto para que Sir Charles destruísse a carta?

– Se o senhor leu a carta, sabe por quê.

– Eu não disse que tinha lido toda a carta.

– O senhor citou uma parte dela.

– Citei o pós-escrito. A carta, como já lhe disse, foi queimada, e a maior parte ficou ilegível. Pergunto-lhe mais uma vez: por que foi tão insistente para que Sir Charles destruísse a carta recebida no dia da sua morte?

– O assunto é muito particular.

– Mais um motivo forte para tentar evitar uma investigação pública.

– Nesse caso, vou lhe contar. Se o senhor ouviu alguma coisa sobre minha infeliz história, sabe que me casei precipitadamente e tive razões para me arrepender disso.

– Ouvi dizer.

– Minha vida tem sido uma incessante perseguição por parte de um marido que detesto. A lei está do lado dele, e cada dia enfrento a possibilidade de ele conseguir me forçar a voltar a viver a seu lado. Quando escrevi essa carta a Sir Charles, tinha ficado sabendo que havia uma chance de recuperar minha liberdade, se pudesse arcar com certas despesas. Isso significaria tudo para mim: paz de espírito, felicidade, respeito próprio, tudo. Sabia da generosidade de Sir Charles e achei que, se ele ouvisse a história dos meus próprios lábios, talvez me ajudasse.

– Então, por que a senhora não foi?

– Porque, nesse meio-tempo, recebi ajuda de outra fonte.

– Por que, então, não escreveu a Sir Charles e explicou a situação?

– É o que teria feito, se não tivesse lido sobre sua morte no jornal, na manhã seguinte.

A história da mulher era coerente, e nenhuma das minhas perguntas foi capaz de abalá-la. A única forma de confirmá-la seria descobrindo se ela tinha, realmente, dado entrada na ação de divórcio contra seu marido na ocasião da tragédia, ou por volta dela.

Era pouco provável que ousasse dizer não ter estado na Mansão Baskerville caso tivesse realmente ido lá, pois seria necessário um coche de aluguel para levá-la até o local, voltando a Coombe Tracey só às primeiras horas da manhã. Uma excursão dessas não teria como ser mantida em segredo. Assim sendo, a probabilidade era que estivesse dizendo a verdade, ou, pelo menos, parte dela. Saí de sua casa confuso e frustrado. Mais uma vez, defrontava-me com o muro alto, que parecia bloquear todos os caminhos pelos quais eu tentava chegar ao objetivo de minha missão. E, apesar disso, quanto mais eu pensava na expressão e na atitude da Sra. Lyons, mais sentia que alguma coisa estava sendo escondida de mim. Por que teria ficado tão pálida? Por que relutara em dizer a verdade, até que esta fosse extraída à força? Por que fora tão omissa na ocasião da tragédia? Com certeza, a explicação para tudo isso não podia ser tão inocente quanto ela queria me fazer crer. Por enquanto, eu não podia continuar naquela direção, e sim me concentrar na outra pista, a ser procurada nas cabanas de pedra do pântano.

E essa pista era muito vaga. Percebi isso no caminho de volta, quando notei como colina após colina apresentava vestígios do povo antigo. A única indicação de Barrymore tinha sido a de que o estranho vivia em uma dessas cabanas abandonadas, e centenas delas se espalhavam por toda a extensão do pântano. Mas eu tinha minha própria experiência como guia, já que tinha tido uma visão do homem, de pé sobre o topo do rochedo negro. Esse, então, seria o centro de minha busca. A partir daquele ponto, devia vasculhar cada cabana do pântano até encontrar a certa. Se o homem estivesse dentro dela, confessaria ele mesmo, sob a mira de meu revólver, se fosse necessário, quem era e por que nos seguira por tanto tempo. Podia ter escapado de nós na multidão da Regent Street, mas seria difícil fazer isso no pântano ermo. Por outro lado, se encontrasse a cabana e seu habitante não estivesse lá, teria de ficar ali, por mais longa que fosse a vigília, até que regressasse. Holmes o perdera em Londres.

Seria um verdadeiro triunfo, para mim, encontrá-lo depois de meu mestre ter falhado.

A sorte, que tinha estado contra nós tantas vezes nessa investigação, finalmente veio em meu auxílio. E o mensageiro da boa-nova não foi outro senão o Sr. Frankland – com as suíças grisalhas e o rosto vermelho –, em pé, do lado de fora do portão de seu jardim, que dava para a estrada pela qual eu seguia.

– Bom dia, Dr. Watson! – exclamou ele, com um bom humor fora do normal. – O senhor deveria dar um descanso a seus cavalos e entrar para tomar um cálice de vinho e me felicitar.

Meus sentimentos para com ele estavam longe de ser amigáveis, depois do que tinha ouvido sobre o tratamento que dera à filha, mas estava ansioso para mandar Perkins e a charrete para casa, e a oportunidade era boa. Desci e mandei um recado para Sir Henry de que voltaria a pé, a tempo para o jantar. Depois, segui Frankland até sua sala de jantar.

– É um grande dia para mim, Dr. Watson, um dos mais memoráveis da minha vida! – exclamou, dando risadas. – Realizei um feito duplo. Quero mostrar a todos nesta região que lei é lei, e que existe alguém aqui que não tem medo de invocá-la. Estabeleci um direito de passagem pelo meio do parque do velho Middleton, bem no meio dele, Dr. Watson, a noventa metros de sua porta da frente. O que acha disso? Ensinaremos a esses magnatas que não podem sair por aí, passando por cima dos direitos dos plebeus. Diabos os carreguem! E, além disso, fechei o bosque onde a família Fernworthy costumava fazer piquenique. Essa gente infernal parece pensar que não há nenhum direito de propriedade, e que podem amontoar-se onde bem quiserem, com seus papéis e suas garrafas. Ambos os casos decididos, Dr. Watson, e ambos a meu favor. Não tinha tido um dia como este desde que processei Sir John Morland por invasão, por praticar tiro em seu próprio viveiro de coelhos.

– Como diabos o senhor conseguiu isso?

– Procure referências nos livros, Dr. Watson. Vale a pena ler Frankland *versus* Morland, Tribunal Superior de Justiça. Custou-me duzentas libras, mas consegui minha sentença.

– E lhe serviu para alguma coisa?

– Não, senhor, nada. Orgulho-me em dizer que não tinha nenhum interesse na questão. Ajo movido simplesmente por um senso de dever público. Não tenho nenhuma dúvida, por exemplo, de que a família Fernworthy queimará meu retrato esta noite. Na última vez que fizeram isso, eu disse à polícia que deveriam impedir essas exibições vergonhosas. A Guarda Civil do Condado está em um estado deplorável, senhor, e não me deu a proteção a que tenho direito. O caso Frankland *versus* Regina chamará a atenção do público. Avisei aos policiais que lamentariam o tratamento que me dispensaram, e minhas palavras já se tornaram realidade.

– Como assim? – perguntei.

O velho fez uma expressão astuta.

– Posso contar a eles algo que estão morrendo de vontade de saber; mas nada me convencerá a ajudar aqueles patifes.

Eu vinha tentando, com empenho, encontrar alguma desculpa com a qual pudesse me livrar de seus mexericos, mas agora começava a desejar ouvir mais. Tinha visto o suficiente da natureza caprichosa do velho miserável para saber que qualquer demonstração mais clara de interesse seria a maneira mais certa de interromper suas confidências.

– Algum caso de invasão, certo? – perguntei, de maneira indiferente.

– Rá, rá, rá, meu rapaz, uma questão muito mais importante do que isso! O que sabe do fugitivo no pântano?

Levei um susto.

– O senhor não quer dizer que sabe onde ele está, quer? – perguntei.

– Pode ser que eu não saiba exatamente onde está, mas tenho absoluta certeza de que posso ajudar a polícia a pôr as mãos nele. Nunca lhe ocorreu que a maneira de pegar esse homem é descobrir onde ele consegue comida, e assim ir atrás do rastro?

Ele com certeza parecia estar chegando desagradavelmente perto demais da verdade.

– Sem dúvida – respondi. – Mas como o senhor sabe que ele está em alguma parte do pântano?

– Porque vi com meus próprios olhos o portador que leva comida para ele.

Pensando em Barrymore, meu coração ficou apertado. Era uma coisa grave cair nas garras desse velho abelhudo e vingativo. Mas seu comentário seguinte tirou o peso de minha alma.

– O senhor ficaria surpreso em saber que a comida é levada por uma criança. Eu a vejo todo dia pelo meu telescópio no telhado. Ela passa pelo mesmo caminho, à mesma hora, e para onde mais poderia estar indo senão ao encontro do fugitivo?

Isso, sim, era sorte! Mesmo assim, consegui disfarçar qualquer aparência de interesse. Uma criança! Barrymore tinha dito que o nosso desconhecido era abastecido por um rapaz. Fora na pista dele, e não na do criminoso, que Frankland tinha tropeçado. Se conseguisse descobrir o que ele sabia, me pouparia uma busca longa e cansativa. Mas a incredulidade e a indiferença eram sem dúvida minhas cartas mais fortes.

— Eu diria que é muito mais provável ser o filho de um dos pastores do pântano, levando o jantar do pai.

A mera insinuação de descrença incendiou o velho autocrata. Lançou-me um olhar maligno, e suas suíças grisalhas se eriçaram como as de um gato enfurecido.

— Realmente, Dr. Watson! — exclamou, apontando para o vasto pântano. — Está vendo aquele pico rochoso negro lá longe? Pois bem, está vendo a colina baixa logo ao lado, coberta por um matagal? Aquela é a parte mais rochosa de todo o pântano. Aquele é um lugar para um pastor e seu rebanho? Sua sugestão, Dr. Watson, é completamente absurda.

Respondi humildemente que tinha falado sem conhecer todos os fatos. Minha submissão agradou-lhe e levou-o a outras confidências.

— Fique sabendo, Dr. Watson, que estou sempre bem fundamentado antes de chegar a uma opinião. Vi o menino várias vezes com a trouxa! Todos os dias, e às vezes duas vezes por dia, pude... Espere um momento, Dr. Watson. Meus olhos me enganam, ou há neste exato momento alguma coisa se movendo na encosta da colina?

Estava a vários quilômetros de distância, mas pude ver nitidamente um pontinho preto que se destacava do verde e do cinza desbotados.

— Venha, venha! — exclamou Frankland, subindo a escada correndo. — O senhor verá com seus próprios olhos e julgará por si mesmo.

O telescópio, um instrumento formidável montado sobre um tripé, estava na parte reta do telhado. Frankland encostou o olho nele e deu um grito de satisfação.

– Depressa, Dr. Watson, depressa, antes que ele passe para o outro lado da colina!

Lá estava ele, realmente. Um menino pequeno com uma trouxinha no ombro, subindo a colina com esforço e devagar. Quando chegou ao topo, vi o vulto misterioso, destacando-se por um instante no frio céu azul. O homem olhou ao redor, com um ar furtivo e dissimulado, como alguém que receia ser perseguido. Depois desapareceu pela colina.

– Então? Tenho razão?

– Há um menino, sem dúvida, que parece estar em alguma missão secreta.

– E qual seria essa missão? Até um policial de condado poderia adivinhar. Mas eles não ouvirão nem uma palavra de mim, e exijo do senhor também, Dr. Watson, segredo absoluto. Nem uma palavra! Estamos entendidos?

– Como quiser.

– Eles têm me tratado vergonhosamente... vergonhosamente. Quando os fatos surgirem, no decorrer do caso Frankland *versus* Regina, ouso acreditar que uma onda de indignação percorrerá o país. De qualquer maneira, nada me convenceria a ajudar a polícia. Eles pouco se importariam se aqueles patifes queimassem a mim no lugar da minha imagem. O senhor não está indo embora, não é? Tem de me ajudar a esvaziar a garrafa em homenagem a esta grande ocasião!

Mas resisti a todos os seus apelos e consegui dissuadi-lo da intenção anunciada de me acompanhar até em casa. Segui pela estrada, com seus olhos sobre mim, depois cortei caminho pelo pântano e me dirigi à colina rochosa, sobre a qual o menino tinha desaparecido. Tudo estava a meu favor, e jurei que não seria por falta de energia ou perseverança que perderia a oportunidade que o destino tinha posto em meu caminho.

O sol já estava se pondo quando cheguei ao topo da colina. As longas encostas abaixo de mim estavam verde-dourado de um lado e cinzentas e sombrias do outro. Ao longe, uma neblina baixa pairava sobre o horizonte, do qual se projetavam os contornos fantásticos dos picos rochosos de Belliver e Vixen. Sobre a vasta extensão, não havia nenhum som nem movimento. Uma grande ave cinzenta, uma gaivota ou um maçarico, pairava na amplidão azul. Ela e eu parecíamos ser as únicas coisas vivas entre o enorme arco do céu e o deserto abaixo. A cena desolada, a sensação de isolamento e o mistério e a urgência de minha tarefa gelaram meu coração. O menino sumira por completo, mas bem abaixo de mim, numa fenda das colinas, as antigas cabanas de pedra formavam um círculo, no meio do qual havia uma que mantinha uma cobertura suficiente para servir de proteção contra o vento e chuva. Quando vi aquilo, meu coração saltou. Aquele devia ser o abrigo onde o estranho se escondia. Pouco depois, meus pés pisavam na entrada do esconderijo: seu segredo estava ao meu alcance.

Quando me aproximei da cabana, caminhando com tanto cuidado quanto Stapleton faria ao se aproximar, com a rede em posição, da borboleta escolhida, certifiquei-me de que o lugar estava realmente sendo usado como habitação. Um tipo de trilha, entre as pedras, levava até a abertura dilapidada que servia de porta. O silêncio reinava lá dentro. O desconhecido podia estar escondido ali ou vagando pelo pântano. Meus nervos vibravam com a emoção da aventura. Jogando o cigarro para o lado, fechei a mão sobre a coronha do revólver e, indo rápido até a porta, olhei para dentro. O lugar estava vazio.

Mas havia claros sinais de que eu não seguira um rastro falso. Era ali, sem dúvida, que o homem morava. Alguns cobertores enrolados num leito impermeável jaziam sobre a mesma laje de pedra na qual o homem neolítico tinha dormido. Cinzas estavam amontoadas numa fogueira rústica. Ao lado dela, havia alguns utensílios de cozinha e um balde com um pouco de água. Uma pilha de latas vazias mostrava que o lugar vinha sendo ocupado há algum tempo; e, quando meus olhos se acostumaram à luz fraca, pude ver em um canto uma canequinha e uma garrafa de bebida. No meio da cabana, uma pedra chata servia de mesa, e sobre ela estava uma pequena trouxa de pano; sem dúvida, a mesma que eu tinha visto no ombro do menino, pelo telescópio. Continha um pedaço de pão, uma lata de língua em conserva e dois potes de pêssegos. Quando a larguei de novo, após tê-la examinado, meu coração deu um pulo ao ver que embaixo dela havia uma folha de papel com algo escrito. Levantei-a e, rabiscado a lápis, grosseiramente, li: "Dr. Watson esteve em Coombe Tracey".

Por um minuto fiquei parado ali, com o papel na mão, pensando sobre a curta mensagem. Era eu, então, e não Sir Henry, que vinha sendo seguido por esse homem misterioso. Não o fazia pessoalmente, mas tinha um agente – o menino, talvez – para seguir meus passos, e aquele era seu relatório. Provavelmente eu não tinha feito nada, desde que chegara ao pântano, sem ser observado e relatado. Sempre me acompanhara essa sensação de uma força invisível, uma fina rede que nos cercava, com tanta habilidade e delicadeza, segurando-nos tão levemente, que só em alguns momentos extremos se percebia estar emaranhado em suas malhas.

Se havia um relatório, devia haver outros; portanto, olhei em volta da cabana, em busca deles. Contudo, não havia nenhum vestígio de nada parecido, nem pude descobrir qualquer sinal que indicasse o caráter ou as intenções do homem que habitava aquele lugar singular, exceto que seus hábitos deviam ser espartanos e que dava pouca importância para os confortos da vida. Quando pensei nas fortes chuvas e olhei para o telhado furado, compreendi como devia ser inabalável e definitivo o propósito que o mantinha naquela morada inóspita. Seria ele nosso inimigo maligno? Ou, por acaso, era nosso anjo da guarda? Jurei que não deixaria a cabana até descobrir.

Do lado de fora, o sol se aproximava do horizonte, que brilhava em chamas escarlates e douradas. O reflexo do pôr do sol era devolvido em manchas avermelhadas pelos charcos distantes que jaziam no meio do grande pântano de Grimpen. Lá estavam as duas torres da Mansão Baskerville, e uma mancha distante de fumaça marcava a aldeia de Grimpen. Entre esses dois pontos, atrás da colina, estava a casa dos Stapleton. Tudo era bonito, suave e tranquilo à luz dourada do cair da noite; mas, mesmo vendo tal cenário, minha alma não partilhava em nada da paz da natureza, e sim tremia diante da incerteza e do terror daquele encontro, que a cada instante estava mais próximo. Com os nervos à flor da pele, mas concentrando-me em meu propósito, sentei-me em um canto escuro da cabana e esperei com paciência sombria a chegada de seu morador.

E finalmente o ouvi. De longe, veio um ruído agudo de botas batendo em pedra. Depois outro, e mais outro, cada vez mais perto. Encolhi-me no canto mais escuro e engatilhei a pistola em meu bolso, resolvido a me ocultar até ter a oportunidade de ver o estranho. Houve uma longa pausa, que mostrava que ele tinha parado. Depois, mais uma vez os passos se aproximaram, e uma sombra surgiu na abertura da cabana.

– É uma noite encantadora, meu caro Watson – disse uma voz muito conhecida. – Acho até que você ficaria mais confortável lá fora do que aqui dentro.

Capítulo 12

MORTE NO PÂNTANO

Por alguns instantes, fiquei sentado, mal conseguindo respirar, sem acreditar em meus ouvidos. Depois, meus sentidos e minha voz voltaram, e logo tive a impressão de que um peso esmagador de responsabilidade tinha sido retirado de minha alma. Aquela voz fria, incisiva e irônica só podia pertencer a um homem no mundo.

– Holmes! – exclamei. – Holmes!

– Saia daí! – disse ele. – E, por favor, tenha cuidado com o revólver.

Inclinei-me para passar sob o batente grosseiro, e lá estava ele, sentado em uma pedra do lado de fora, com os olhos cinzentos dançando de divertimento ao verem minha expressão de espanto. Estava magro e abatido, mas sereno e alerta, com o rosto perspicaz bronzeado pelo sol e maltratado pelo vento. Com seu terno de *tweed* e sua boina de pano, parecia um turista qualquer no pântano, e tinha conseguido, com seu amor felino por limpeza pessoal – uma de suas características –, manter o maxilar liso e a roupa perfeita, como se estivesse em Baker Street.

– Nunca fiquei tão satisfeito em ver alguém! – exclamei, ao apertar-lhe a mão.

– Nem tão espantado, hein?

– Bem, devo confessar que sim.

– Não foi o único a surpreender-se, garanto-lhe. Não fazia a mínima ideia de que você tinha encontrado meu retiro temporário, menos ainda que estivesse lá dentro, até eu chegar a vinte passos da porta.

– Minhas pegadas, suponho.

– Não, Watson, receio não ser capaz de reconhecer suas pegadas entre todas no mundo. Se deseja realmente me enganar, deve mudar de charutaria, porque, quando vejo a ponta de um cigarro marcada Bradley, Oxford Street, sei que meu amigo Watson está nas vizinhanças. Veja ali, ao lado da trilha. Sem dúvida, jogou-a fora, naquele momento extremo em que investiu para a cabana vazia.

– Exatamente.

– Foi o que pensei e, conhecendo sua tenacidade admirável, fiquei convencido de que estava sentado de tocaia, com uma arma ao seu alcance, esperando que o morador voltasse. Então realmente pensou que eu fosse o criminoso?

– Não sabia quem era, mas estava decidido a descobrir.

– Excelente, Watson! E como me localizou? Talvez tenha me visto na noite da caça ao prisioneiro, quando fui tão imprudente a ponto de permitir que a lua se erguesse por trás de mim.

– Sim, eu o vi naquela noite.

– E com certeza revistou todas as cabanas até chegar a esta.

– Não. Seu garoto foi visto, e isso me deu uma pista de onde procurar.

– O velho cavalheiro com o telescópio, sem dúvida. Na primeira vez em que vi a luz refletindo nas lentes, não consegui entender do que se tratava. – Levantou-se e olhou para dentro da cabana. – Ah, vejo que Cartwright trouxe alguns suprimentos. Que papel é este? Então você esteve em Coombe Tracey?

– Estive.

– Visitando a Sra. Laura Lyons?

– Exatamente.

– Muito bem! Nossas pesquisas têm seguido em linhas paralelas, e, quando unirmos nossos resultados, teremos um conhecimento razoavelmente completo do caso.

– Bem, do fundo do coração, estou satisfeito de você estar aqui, pois meus nervos já não suportavam mais tanta responsabilidade e mistério. Mas como diabos você veio para cá? E o que tem feito? Pensei que estivesse em Baker Street, trabalhando naquele caso de chantagem.

– Era o que queria que pensasse.

– Então você me usou e, além disso, não confia em mim! – exclamei, com certa amargura. – Acho que mereço um tratamento melhor da sua parte, Holmes.

– Meu caro amigo, você tem sido inestimável para mim neste e em muitos outros casos, e peço-lhe que me perdoe se pareci pregar-lhe uma peça. Na verdade, foi em parte para seu próprio bem que fiz isso, e foi a minha avaliação do perigo que você corria que me trouxe até aqui, para examinar a questão por mim mesmo. Se eu estivesse com Sir Henry e você, com certeza meu ponto de vista teria sido o mesmo que o seu, e minha presença teria alertado nossos formidáveis adversários para que ficassem atentos. Dessa forma, pude andar por aí com uma liberdade que provavelmente não teria, se estivesse morando na mansão. E permaneci um fator desconhecido no caso, pronto a investir com toda a minha carga, em um momento crucial.

– Mas por que se esconder de mim?

– Se você soubesse, isso não teria nos ajudado em nada e ainda poderia ter levado a me descobrirem. Talvez quisesse me contar alguma coisa, ou, em sua bondade, teria me trazido um ou outro conforto, e assim correríamos um risco desnecessário. Trouxe Cartwright comigo. Você se lembra do rapaz baixinho da agência de mensageiros, certo? Ele tem cuidado dos meus desejos simples: um pedaço de pão e um colarinho limpo. O que mais um homem pode querer? Também me proporcionou um par de olhos extra, sobre um par de pés ativos, que têm sido inestimáveis.

– Então meus relatórios não valeram para nada! – Minha voz titubeou quando me lembrei das dificuldades e do orgulho com que os tinha escrito.

Holmes tirou um maço de papéis do bolso.

– Aqui estão seus relatórios, meu caro amigo, e bastante folheados, posso garantir. Organizei tudo de uma forma excelente, para que chegassem com apenas um dia de atraso. Devo cumprimentá-lo calorosamente pelo zelo e a inteligência que demonstrou em um caso extraordinariamente difícil.

Ainda estava bastante magoado por ter sido enganado, mas o elogio de Holmes afastou a raiva de minha mente. No fundo, também sabia que ele tinha razão no que dissera e que era realmente melhor para o nosso propósito que eu não soubesse que ele estava no pântano.

– Assim é melhor – disse ele, vendo meu rosto desanuviar-se. – E agora conte-me o resultado da sua visita à Sra. Laura Lyons. Não foi difícil concluir que tenha ido vê-la, pois sei que ela é a única pessoa em Coombe Tracey que poderia nos ajudar no caso. Na verdade, se você não tivesse ido lá hoje, é bem provável que eu mesmo fosse amanhã.

O sol tinha se posto, e o crepúsculo caía sobre o pântano. O ar esfriara, então entramos na cabana para nos esquentar. Lá, sentados lado a lado à meia-luz, narrei a Holmes minha conversa com a senhora. Tamanho foi seu interesse, que tive de repetir uma parte dela duas vezes, antes de ele se dar por satisfeito.

– Isso é de extrema importância – observou, quando concluí. – Preenche uma lacuna que fui incapaz de transpor neste complexo caso. Talvez saiba que existe uma íntima relação entre essa senhora e Stapleton.

– Não sabia.

– Não resta nenhuma dúvida sobre isso. Eles se encontram, se escrevem: há um completo entendimento entre eles. Agora temos uma arma muito poderosa em nossas mãos. Se ao menos eu pudesse usá-la para afastar sua mulher...

– Sua mulher?!

– Estou lhe dando uma informação, em troca de todas que você me deu. A senhora que se passa por Srta. Stapleton é, na verdade, mulher dele.

– Por Deus, Holmes! Tem certeza do que está dizendo? Como ele pôde permitir que Sir Henry se apaixonasse por ela?

– O fato de Sir Henry se apaixonar não podia fazer mal a ninguém, exceto a ele mesmo. Stapleton cuidou especialmente para que o baronete não chegasse a se relacionar com ela, como você mesmo observou. Repito: a jovem é sua esposa, e não sua irmã.

– Mas para que essa farsa tão elaborada?

– Porque ele previu que ela seria muito mais útil para ele no papel de uma linda mulher desimpedida.

De repente, todos os meus instintos não manifestados e minhas desconfianças vagas tomaram corpo e se concentraram no naturalista. Naquele homem impulsivo, pálido, com seu chapéu de palha e sua rede de borboletas, eu parecia ver alguma coisa terrível: uma criatura de paciência e astúcia infinitas, com um rosto sorridente e um coração assassino.

– É ele, então, nosso inimigo? Foi ele que nos seguiu em Londres?

– Foi como decifrei o enigma.

– E o aviso... Deve ter vindo dela!

– Exatamente.

O fantasma de uma vilania monstruosa, meio vista, meio imaginada, surgiu na escuridão que me envolvera por tanto tempo.

– Mas tem certeza disso, Holmes? Como você sabe que a mulher é casada com ele?

– Porque, no primeiro encontro com você, ele deixou escapulir um trecho verdadeiro de sua biografia, e arrisco-me a dizer que se arrependeu amargamente disso. Ele realmente foi diretor de um colégio no norte da Inglaterra. E não há ninguém cuja pista seja mais fácil de se seguir do que um diretor de colégio. Há registros escolares nos quais se pode identificar qualquer homem que tenha exercido a profissão. Uma rápida investigação revelou-me que um colégio sofrera um fracasso em circunstâncias atrozes, e que o dono, de nome diferente, tinha desaparecido com a esposa. As descrições batem. Quando soube que o homem desaparecido era dedicado à entomologia, a identificação ficou completa.

A escuridão se dissipava, mas muita coisa ainda estava escondida nas sombras.

– Se essa mulher é realmente casada com ele, onde entra na história a Sra. Laura Lyons? – perguntei.

– Esse é um dos pontos sobre o qual suas próprias pesquisas lançaram uma luz. Sua conversa com ela esclareceu muito a situação. Eu não sabia que ela planejava se divorciar do marido. Nesse caso, acreditando que Stapleton era solteiro, ela sem dúvida contava se casar com ele.

– E quando ela ficar sabendo?

– Ora, então poderemos contar com uma pessoa prestativa. É a primeira coisa que devemos, nós dois, fazer amanhã: ir vê-la. Não acha, Watson, que já passou tempo demais longe do seu pupilo? Seu lugar é na Mansão Baskerville.

As últimas listras vermelhas tinham desaparecido a oeste, e a noite caíra sobre o pântano. Algumas estrelas desbotadas brilhavam no céu violeta.

– Uma última pergunta, Holmes – disse, ao me levantar. – Com certeza não há nenhuma necessidade de segredo entre nós: qual é o significado disso tudo? O que Stapleton pretende?

A voz de Holmes ficou mais grave ao responder.

– Assassinato, Watson... Assassinato refinado, a sangue-frio e calculado. Não me pergunte detalhes. Minha rede está se fechando sobre ele, assim como a dele, sobre Sir Henry; e, com a sua ajuda, ele já está quase em minhas mãos. Não há senão um perigo que pode nos ameaçar: que ele ataque antes de estarmos preparados. Mais um dia, dois, no máximo, e meu caso estará concluído; mas até lá, cuide de seu pupilo como uma mãe extremosa vigia o filho doente. Teve êxito em sua missão hoje, mas, apesar disso, quase chego a desejar que você não tivesse saído do lado dele. Oh!

Um grito horrível – um prolongado berro de horror e angústia – explodiu no silêncio do pântano. O grito aterrorizante gelou o sangue em minhas veias.

– Oh, Deus! – exclamei, ofegante. – O que é isso? O que significa isso?

Holmes tinha se levantado em um salto, e vi seu vulto escuro e atlético na porta da cabana, com os ombros inclinados, o rosto à espreita na escuridão.

– Silêncio! – sussurrou ele. – Silêncio!

O grito soara alto devido à sua intensidade, mas vinha de algum lugar afastado na planície escura. Agora explodia nos nossos ouvidos, mais perto, mais alto, mais urgente do que antes.

– De onde veio isso? – cochichou Holmes, e percebi, na emoção de sua voz, que ele, o homem de ferro, se sentia aterrorizado. – De onde veio isso, Watson?

– De lá, acho eu – apontei para a escuridão.

– Não, de lá!

Mais uma vez, o grito de agonia atravessou a noite silenciosa, mais alto e muito mais perto do que antes. E um novo som misturou-se a ele, um rosnar sussurrado, profundo, musical e, apesar disso, ameaçador, aumentando e diminuindo como o murmúrio baixo e constante do mar.

– O cão! – exclamou Holmes. – Venha, Watson, venha! Espero que não cheguemos tarde demais!

Ele começou a correr a toda velocidade pelo pântano, e o segui de perto. Mas eis que, de algum ponto do terreno irregular logo à nossa frente, veio um último grito desesperado e o som de uma pancada forte e surda. Paramos e escutamos. Nenhum outro som rompeu o silêncio pesado da noite sem vento.

Vi Holmes levar a mão à testa, como um homem desesperado, e bater os pés no chão.

– Ele chegou antes de nós, Watson. É tarde demais.

– Não, não, não pode ser!

– Como fui tolo em me esconder. E você, Watson, veja no que dá abandonar seu posto! Mas, pelos céus, se aconteceu o pior, nós o vingaremos!

Corremos às cegas pela escuridão, tropeçando nas pedras, abrindo caminho pelas moitas de tojo, ofegantes, subindo colinas e descendo encostas, sempre correndo na direção de onde aqueles sons horríveis tinham vindo. A cada elevação, Holmes olhava ao redor, ansioso, mas sombras espessas cobriam o pântano, e nada se movia em sua superfície erma.

– Vê alguma coisa?

– Nada.

– Mas, ouça, o que é isso?

Um gemido baixo chegava aos nossos ouvidos. Lá estava de novo, à nossa esquerda! Naquele lado, uma cadeia de rochas terminava em um penhasco juncado de pedras. Sobre a superfície irregular da base do penhasco, estava esparramado um objeto escuro, disforme. Quando corremos na direção dele, o vago contorno assumiu uma forma definida. Era um homem prostrado de bruços, no chão, a cabeça dobrada debaixo do corpo, em um ângulo pavoroso, os ombros arredondados e o corpo encolhido como alguém que se prepara para um salto-mortal. A posição era tão grotesca, que, por um instante, não pude perceber que aquele gemido tinha sido seu último suspiro. Nem um sussurro, nem um rumor saía agora do vulto escuro, sobre o qual nos abaixamos. Holmes pôs a mão sobre o corpo e levantou-a novamente, com uma exclamação de horror. A chama do fósforo que ele riscara brilhou sobre seus dedos empastados e sobre a poça horrível que se ampliava lentamente ao redor do crânio esmagado da vítima. E iluminou algo mais, algo que revirou nossas entranhas... O corpo de Sir Henry Baskerville.

Não havia a mínima possibilidade de nos esquecermos daquele terno característico, de *tweed* avermelhado: o mesmo que ele usara na primeira manhã em que o tínhamos visto em Baker Street. Tivemos uma curta visão do corpo, e o fósforo bruxuleou e se apagou, ao mesmo tempo em que a esperança se esvaía de nossas almas. Holmes gemeu, e seu rosto pálido brilhava na escuridão.

– Miserável! Miserável! – exclamei, com os punhos cerrados. – Oh, Holmes, nunca me perdoarei por tê-lo deixado entregue à própria sorte!

– A culpa é mais minha do que sua, Watson. Para ter meu caso bem completo e esclarecido, desperdicei a vida do meu cliente. Esse é o maior golpe que já sofri em minha carreira. Mas como poderia saber... Como poderia saber que ele arriscaria sua vida sozinho no pântano, apesar de todos os meus avisos?

– E ouvimos os gritos dele. Santo Deus, aqueles gritos! E apesar disso fomos incapazes de salvá-lo! Onde está esse cão dos infernos, que o levou à morte? Nesse exato momento, ele pode estar escondido entre estas rochas. E Stapleton, onde está ele? Vai responder por seus atos.

– Vai responder. Cuidarei disso. Tio e sobrinho foram assassinados: o primeiro, morto de susto, diante da mera visão de uma fera que pensava ser sobrenatural; o outro, levado ao seu fim em sua fuga desesperada. Mas agora temos de provar que há uma relação entre o homem e a fera. Exceto pelo que ouvimos, não podemos ter certeza da existência do animal, já que Sir Henry, evidentemente, morreu da queda. Mas, por Deus, por mais astuto que seja, o homem estará nas minhas mãos antes que se passe outro dia!

Com os corações amargurados, ficamos de pé ao lado do corpo desfigurado, desolados com aquele desastre súbito e irrevogável, que punha um fim lamentável a todos os nossos longos e cansativos esforços. Depois, quando a lua se ergueu, subimos até o alto das rochas de cujo topo nosso pobre amigo tinha caído, e do cume contemplamos o pântano escuro, metade prateado, metade sombrio. Ao longe, a quilômetros de distância, na direção de Grimpen, brilhava uma única luz amarela, firme e isolada. Ela só podia vir da casa afastada dos Stapleton. Rogando-lhes uma praga amarga, sacudi o punho enquanto olhava para ela.

– Por que não podemos pegá-lo imediatamente?

– Nosso caso não está terminado. O sujeito é precavido e muito esperto. Não se trata do que nós sabemos, mas do que podemos provar. Se fizermos um movimento em falso, o vilão ainda pode nos escapar.

– O que podemos fazer?

– Haverá muito o que fazer amanhã. Esta noite, só podemos prestar nossas últimas homenagens a nosso pobre amigo.

Juntos, descemos a encosta íngreme e nos aproximamos do corpo, negro e nítido contra o fundo prata das pedras. A agonia daquelas pernas contorcidas me causou um espasmo de dor e encheu meus olhos de lágrimas.

– Temos que pedir ajuda, Holmes! Não conseguiremos carregá-lo por todo o caminho até a mansão... Nossa, você está louco?

Ele tinha soltado um grito e se inclinado sobre o corpo. E agora dançava, ria, sacudindo minha mão. Seria ele aquele meu amigo sério e contido?! Uma faceta desconhecida, realmente!

– Uma barba! Uma barba! O homem tem uma barba!

– Uma barba?

– Não é o baronete... É, ora... É meu vizinho, o fugitivo!

Às pressas, viramos o corpo de frente, e a barba gotejante apontou para a lua fria e clara. Não havia nenhuma dúvida: a testa saliente e os olhos selvagens afundados. Era, realmente, o mesmo rosto feroz que tinha olhado para mim à luz da vela do topo da pedra – o rosto de Selden, o criminoso.

Depois, num instante, tudo se tornou claro para mim. Lembrei que o baronete me contara que tinha doado a Barrymore suas roupas antigas. E o mordomo as tinha passado adiante, a fim de ajudar Selden em sua fuga. Botas, camisa, boina, tudo pertencera a Sir Henry. A tragédia ainda era bastante negra, mas, pelo menos, esse homem merecia a morte pelas leis de seu país. Contei a Holmes como tudo se passara, com o coração transbordando de gratidão e alegria.

– Então as roupas causaram a morte do pobre-diabo – concluiu ele. – É evidente que deram ao cão algum objeto de Sir Henry para farejar, talvez a bota furtada no hotel, e, assim, ele foi atrás deste homem. Há, entretanto, uma coisa muito singular: como foi que Selden, no escuro, soube que o cão estava atrás dele?

– Ele o ouviu.

– Ouvir um cão no pântano não levaria um homem durão como este fugitivo a esse paroxismo de terror, a ponto de arriscar sua recaptura, gritando desesperado por socorro. Pelos gritos que soltou, deve ter corrido uma longa distância depois de descobrir que o animal estava em seu encalço. Como ficou sabendo?

– Para mim, um mistério ainda maior é por que esse cão, supondo que todas as nossas conjecturas estejam corretas...

– Não suponho nada.

– Bem, então, por que o cão estaria solto esta noite? Suponho que nem sempre ele corra livre pelo pântano. Stapleton não o soltaria, a menos que tivesse motivos para pensar que Sir Henry estaria aqui.

– Minha dificuldade é a mais difícil de contornar, pois acho que teremos muito depressa uma explicação para a sua, ao passo que a minha pode permanecer para sempre um mistério. A questão agora é: o que devemos fazer com o corpo deste pobre-diabo? Não podemos deixá-lo aqui para as raposas e os urubus.

– Sugiro que o ponhamos dentro de uma das cabanas, até podermos nos comunicar com a polícia.

– Exatamente. Não tenho nenhuma dúvida de que podemos carregá-lo até lá. Ora, Watson, o que é isso?! Por tudo de mais maravilhoso e audacioso, se não é o homem em pessoa! Nem uma palavra que revele nossas suspeitas, nem uma palavra... Ou meus planos irão por água abaixo.

Um vulto se aproximava de nós pelo pântano, e, junto dele, o brilho vermelho da brasa de um charuto. A lua o iluminou, e pude distinguir o jeito agitado e o andar lépido do naturalista. Ele parou quando nos viu, e depois avançou de novo.

– Ora, Dr. Watson, o senhor por aqui?! É o último homem que eu esperaria ver fora de casa, no pântano, a esta hora da noite. Mas... Santo Deus, o que é isso?! Alguém ferido? Não... Não me diga que é nosso amigo, Sir Henry! – Ele passou por mim depressa e abaixou-se sobre o morto. Ouvi uma exclamação de susto, e o charuto caiu de seus dedos.

– Quem... Quem é esse? – gaguejou.

– Selden, o homem que fugiu de Princetown.

Stapleton olhou para nós com o rosto estampado de horror, mas com um esforço supremo conseguiu superar seu espanto e seu desapontamento. Olhava vivamente de Holmes para mim.

– Meu Deus! Que coisa terrível! Como foi que ele morreu?

– Parece que quebrou o pescoço, ao cair sobre estas pedras. Meu amigo e eu estávamos passeando pelo pântano quando ouvimos um grito.

– Também ouvi um grito. Foi o que me trouxe aqui. Estava preocupado com Sir Henry.

– Por que com Sir Henry em particular? – não pude deixar de perguntar.

– Porque eu tinha sugerido que ele viesse me visitar. Quando não veio, fiquei surpreso e, naturalmente, preocupado com sua segurança, ao ouvir gritos no pântano. A propósito – seus olhos desviaram-se outra vez de meu rosto para Holmes –, os senhores ouviram mais alguma coisa além de um grito?

– Não – respondeu Holmes. – O senhor ouviu?

– Não.

– Por que a pergunta, então?

– Oh, o senhor conhece as histórias que os camponeses contam sobre um cão fantasmagórico e coisas do gênero. Contam que o ouvem à noite, no pântano. Estava imaginando se teria algum indício desse som esta noite.

– Nós não ouvimos nada desse tipo – respondi.

– E qual é sua teoria sobre a morte desse pobre homem?

– Não tenho nenhuma dúvida de que a ansiedade e o medo o fizeram perder o juízo. Correu pelo pântano em um estado de loucura e acabou caindo aqui e quebrando o pescoço.

— Essa parece ser a teoria mais razoável — concordou Stapleton, soltando um suspiro que parecia indicar alívio.

— O que acha disso, Sr. Sherlock Holmes?

Meu amigo inclinou-se, cumprimentando-o.

— O senhor é rápido nas identificações — observou.

— Estivemos à sua espera nas redondezas desde que o Dr. Watson veio para cá. O senhor chegou a tempo de presenciar uma tragédia.

— Sim, realmente. Não tenho nenhuma dúvida de que a explicação do meu amigo dá conta dos fatos. Vou levar comigo uma lembrança desagradável de volta para Londres, amanhã.

— O senhor já volta amanhã?

— É minha intenção.

— Espero que sua visita tenha lançado alguma luz sobre essas ocorrências que tanto nos intrigam.

Holmes deu de ombros.

— Não é sempre que temos o sucesso esperado. Um investigador precisa de fatos, e não de lendas ou rumores. Não foi um caso satisfatório.

Meu amigo falou com seu jeito mais franco e despreocupado.

Stapleton ainda olhava fixamente para ele. Depois, virou-se para mim.

— Poderia sugerir que levássemos esse pobre sujeito para minha casa, mas isso causaria tanto pavor à minha irmã, que não me sinto à vontade para fazê-lo. Acho que, se cobrirmos seu rosto, ficará em segurança até de manhã.

Assim fizemos. Resistindo à oferta de hospitalidade de Stapleton, Holmes e eu partimos para a Mansão Baskerville, deixando o naturalista sozinho em seu caminho de volta. Olhando sobre nossos ombros, vimos seu vulto se afastando lentamente pelo vasto pântano, deixando para trás, sobre a encosta prateada, a mancha negra que mostrava onde tinha caído o homem que enfrentara um fim tão tenebroso.

– Estamos com quase tudo sob controle – disse Holmes, ao caminharmos pelo pântano. – Impressionante o sangue frio daquele sujeito! Como se refez tão rápido, frente ao que deve ter sido um choque terrível: ver que o homem errado tinha sido vítima de seu plano. Como lhe disse em Londres, Watson, e repito agora, nunca tínhamos enfrentado um adversário do nosso nível.

– Lamento que ele o tenha visto.

– Também lamento, mas não havia como evitar.

– Que consequência acha que isso pode ter nos planos dele, agora que sabe que você está aqui?

– Talvez isso o torne mais cauteloso, ou o leve a tomar atitudes desesperadas. Como qualquer criminoso inteligente, deve ser excessivamente confiante em suas habilidades e imaginar que tenha nos enganado totalmente.

– Por que não o prendemos de uma vez?

– Meu caro Watson, você nasceu para a ação. Seu primeiro instinto sempre é tomar uma atitude enérgica. Mas considere a hipótese de o prendermos hoje. De que diabos isso iria nos adiantar? Não podemos provar nada contra ele: essa é a astúcia diabólica de tudo! Se ele estivesse agindo através de um agente humano, teríamos indícios válidos, mas trazer à tona essa história de cão maldito não nos ajudará a pôr uma corda no pescoço de seu dono.

– Sem dúvida, temos um caso.

– Não, nem a sombra de um... Só temos desconfianças

e hipóteses. Ririam de nós, se apresentássemos essa história e essas provas diante de uma corte.

— Há a morte de Sir Charles.

— Encontrado morto, sem nenhuma marca no corpo. Você e eu sabemos que ele morreu de extremo medo e o que lhe causou tanto pavor, mas como vamos conseguir que doze respeitáveis membros de um júri se convençam disso? Que sinais havia do cão? E marcas de seus dentes? Claro, sabemos que um cão não morde um cadáver e que Sir Charles estava morto antes mesmo de a fera o alcançar. Mas temos de provar tudo isso e ainda não temos condições de fazê-lo.

— Pois bem, mas... e esta noite?

— Não avançamos muito esta noite. Mais uma vez, não há nenhuma conexão direta entre o cão e a morte do homem. Ouvimos o animal, mas não podemos provar que ele estava correndo atrás do homem. Não há nenhum motivo para o crime. Não, meu caro Watson, precisamos aceitar o fato de que no momento não temos um caso, e vale a pena corrermos qualquer risco para construir um.

— E como propõe que façamos isso?

— Deposito grandes esperanças na Sra. Laura Lyons, quando ela ficar sabendo de toda a verdade. E tenho meu próprio plano também. Por hoje, já foi suficiente. Mas, antes de o próximo dia acabar, espero ter assumido finalmente o controle.

Não consegui arrancar mais nada de meu amigo, que foi andando, perdido em pensamentos, até o portão da Mansão Baskerville.

— Vai entrar comigo?

— Sim, não vejo razão para continuar me escondendo. Mas uma última palavra, Watson: não diga nada a

Sir Henry sobre o cão. Deixe-o pensar que a morte de Selden ocorreu como Stapleton diz que foi. Isso lhe trará mais tranquilidade para a provação que terá de enfrentar amanhã, quando, de acordo com seu relatório, irá jantar com aquela gente.

– Eu também disse que iria.

– Nesse caso, terá de inventar uma desculpa, pois ele deve ir sozinho. Isso é fácil de ser arranjado. E agora, embora estejamos atrasados para o jantar, acho que ambos merecemos uma ceia.

Capítulo 13

ARMANDO AS REDES

Ao ver Sherlock Holmes, Sir Henry ficou mais satisfeito do que surpreso, pois estava esperando há alguns dias que os últimos acontecimentos o trouxessem de Londres. No entanto, ergueu as sobrancelhas quando descobriu que meu amigo não tinha nenhuma bagagem nem qualquer explicação para a ausência de malas. Nós dois logo fornecemos a Holmes tudo de que precisava, e depois, durante uma ceia tardia, contamos para o baronete aquilo que julgamos conveniente que soubesse. Mas, antes, tive o desagradável dever de dar a notícia a Barrymore e sua mulher. Para ele deve ter sido um alívio completo, mas ela chorou amargamente no avental. Para todo mundo, Selden era o homem violento, meio animal, meio demônio, mas para ela permaneceu sempre o pequeno menino teimoso de sua infância, a criança que segurara pela sua mão. Realmente cruel é o homem que não tem uma mulher para chorar sua perda.

– Estive perambulando pela casa o dia inteiro, desde que Watson saiu de manhã – disse o baronete. – Acho que mereço algum crédito por ter mantido minha promessa. Se não tivesse jurado não sair sozinho, poderia ter tido uma noite mais animada, pois recebi um recado de Stapleton, convidando-me para ir até lá.

– Não tenho nenhuma dúvida de que teria tido uma noite mais animada – concordou Holmes, seco. – Aliás, suponho que não saiba que estivemos chorando sobre seu corpo, acreditando que tinha quebrado o pescoço.

Sir Henry arregalou os olhos.

– Como foi isso?

– O pobre desgraçado estava usando suas roupas. Receio que seu empregado, que as deu ao cunhado, possa ter problemas com a polícia.

– É pouco provável. Pelo que sei, não havia nenhum tipo de identificação em nenhuma delas.

– Sorte dele. Na verdade, sorte de vocês todos, já que estão do lado errado da lei nessa questão. Não tenho certeza de que, como um detetive consciencioso, meu primeiro dever não seja prender todos os que moram nesta casa. Os relatórios de Watson são documentos muito incriminadores.

– Mas... e quanto ao caso? – perguntou o baronete. – O senhor conseguiu desvendar alguma coisa? Acho que Watson e eu não sabemos muito mais do que quando chegamos aqui.

– Penso que em breve estarei em condições de esclarecer a situação. Tem sido um caso extremamente difícil e muito complicado. Há vários pontos sobre os quais ainda precisamos de esclarecimentos, mas esses também estarão logo resolvidos.

– Tivemos uma experiência, como sem dúvida Watson contou ao senhor. Ouvimos o cão no pântano; portanto, posso garantir que nem tudo é uma superstição vazia. Lidei um pouco com cães quando estive no Oeste e sei muito bem quando ouço um. Se o senhor conseguir agarrar esse e prendê-lo com uma corrente, estarei pronto a jurar que o senhor é o maior detetive de todos os tempos.

– Vou amordaçá-lo e prendê-lo com uma corrente, se o senhor se propuser me ajudar.

– Farei tudo o que me pedir para fazer.

– Ótimo. E vou pedir-lhe também que faça cegamente, sem nunca perguntar o motivo.

– Como quiser.

– Se fizer isso, há grandes probabilidades de que nosso pequeno problema seja resolvido em breve. Não tenho nenhuma dúvida...

Holmes parou de repente e fixou os olhos em um ponto no ar, acima de minha cabeça. A luz batia direto em seu rosto, e ele estava tão atento e imóvel, que parecia uma estátua clássica bem-delineada: uma personificação da vigilância e da expectativa.

– O que houve? – Sir Henry e eu perguntamos.

Quando baixou os olhos, percebi que Holmes reprimia uma intensa emoção. Suas feições continuavam serenas, mas seus olhos exibiam um brilho alegre e exultante.

– Desculpe a admiração de um *connoisseur** – disse ele, ao apontar para a fileira de retratos que cobria a parede oposta. – Watson não admite que eu entenda de arte, mas é pura inveja, porque nossas opiniões sobre o assunto diferem. Agora, eis ali uma bela série de retratos.

– Bem, alegro-me em ouvi-lo dizer isso – exclamou Sir Henry, olhando com certa surpresa para meu amigo. – Não vou fingir conhecer muito sobre o assunto, e seria melhor juiz de cavalos ou novilhos do que de um quadro. Não pensei que o senhor tinha tempo para essas coisas.

---

* Conhecedor, apreciador. Em francês no original. (N.E.)

– Sei reconhecer o que é bom quando vejo, e é o que estou vendo agora. Esse é um Kneller, posso jurar, essa dama de seda azul ali. E o cavalheiro robusto com a peruca deve ser um Reynolds. Suponho que sejam todos retratos de família.

– Todos eles.

– O senhor sabe os nomes?

– Barrymore tem me instruído a respeito, e acho que aprendi minhas lições razoavelmente bem.

– Quem é o cavalheiro com o telescópio?

– É o Contra-Almirante Baskerville, que serviu com Rodney nas Índias Ocidentais. O homem com o casaco azul e o rolo de papel é Sir William Baskerville, que foi Presidente de Comissões da Câmara dos Comuns na época de Pitt.

– E o cavalheiro em frente a mim, aquele com o veludo preto e as rendas?

– Ah, sobre esse o senhor tem todo o direito de saber. Ele é a causa de todas as confusões, o malvado Hugo, que começou toda a história do cão dos Baskerville. É provável que nunca o esqueçamos.

Fiquei olhando com interesse e alguma surpresa para o retrato.

– Impressionante! – exclamou Holmes. – Parece um homem bastante tranquilo e dócil, mas ouso dizer que seus olhos escondem um demônio. Eu o imaginava com uma aparência mais robusta e desordeira.

– Não há nenhuma dúvida quanto à autenticidade, porque o nome e a data, 1647, estão atrás da tela.

Holmes não disse muito mais, mas o retrato do velho farrista parecia exercer uma fascinação sobre ele, e seus olhos permaneceram continuamente fixos na tela durante a ceia. Só mais tarde, quando Sir Henry tinha se retirado para seu quarto, pude acompanhar o fio dos pensamentos de Holmes. Ele me levou de volta ao salão de banquetes, com a vela do quarto na mão, e ergueu-a contra o retrato manchado pelo tempo.

— Vê alguma coisa ali?

Olhei para o chapéu de plumas largas, as madeixas encaracoladas, o colarinho de renda branca e o rosto severo e franco. Não era um semblante brutal, mas afetado, rígido e inflexível, com lábios finos e firmes e um olhar frio e intolerante.

— Lembra alguém que você conhece?

— Há algo de Sir Henry no maxilar.

— Apenas um traço, talvez. Mas espere um instante!

Subiu em uma cadeira e, erguendo a luz com a mão esquerda, curvou o braço direito sobre o largo chapéu e os longos cachos.

— Céus! — exclamei, espantado.

O rosto de Stapleton tinha surgido na tela.

— Ali, está vendo agora? Meus olhos foram treinados para examinar fisionomias, e não seus acessórios. A qualidade primordial de um investigador criminal é poder ver através de um disfarce.

Mas isso é maravilhoso. Podia ser o retrato dele.

— Sim, é um caso interessante de atavismo, que parece ser tanto físico quanto espiritual. Um estudo de retratos de família é suficiente para converter um homem à doutrina da reencarnação. O sujeito é um Baskerville, isso é evidente.

— Com interesse na sucessão.

— Exatamente. Esse acaso do retrato nos forneceu um dos elos perdidos mais óbvios. Nós o pegamos, Watson, nós o pegamos, e arrisco-me a jurar que amanhã, antes do anoitecer, ele estará esvoaçando em nossa rede, tão impotente quanto uma de suas borboletas. Um alfinete, uma rolha e um cartão, e lá vai ele para nossa coleção em Baker Street!

Holmes explodiu em um de seus raros ataques de riso quando se afastou do retrato. Não o tinha visto rir muitas vezes, e isso sempre resultava em mau presságio para alguém.

Acordei cedo, mas Holmes se levantara mais cedo ainda, pois, enquanto me vestia, vi que se aproximava pelo caminho que levava à mansão.

— Sim, vamos ter um dia cheio hoje — comentou, esfregando as mãos pelo prazer da ação. — As redes estão todas em posição, e o arrastão está prestes a começar. Antes de terminar o dia, saberemos se pegamos nosso peixe ou se ele fugiu pelas malhas.

— Já esteve no pântano?

— Enviei um relatório de Grimpen para Princetown, informando sobre a morte de Selden. Acho que posso prometer que nenhum de vocês será envolvido nela. E me comuniquei também com meu fiel Cartwright, que com certeza estaria pregado na porta da minha cabana, como um cão na sepultura do seu dono, se eu não o tivesse tranquilizado quanto à minha segurança.

— Qual é o próximo passo?

— Conversar com Sir Henry. Ali está ele!

— Bom dia, Holmes! — exclamou o baronete. — Mais parece um general planejando uma batalha com o chefe do seu estado-maior.

— Essa é exatamente a situação. Watson estava perguntando pelas ordens.

— E eu também.

– Muito bem. Você se comprometeu, pelo que sei, a jantar com nossos amigos, os Stapleton, esta noite.

– Espero que venha também. Eles são gente muito hospitaleira, e tenho certeza de que ficariam muito satisfeitos em recebê-lo.

– Receio que Watson e eu tenhamos que ir para Londres.

– Para Londres?

– Sim, acho que nas circunstâncias atuais seremos mais úteis lá.

O rosto do baronete murchou perceptivelmente.

– Esperava que fossem me assistir durante esse caso. A mansão e o pântano não são lugares muito agradáveis, quando se está sozinho.

– Meu caro amigo, precisa confiar em mim totalmente e fazer exatamente o que lhe pedir. Pode dizer aos seus amigos que teríamos ficado felizes de ir com você, mas que negócios urgentes exigiram nossa presença na cidade. Esperamos voltar muito breve a Devonshire. Você se lembrará de dar a eles esse recado?

– Se insiste...

– Não há outra alternativa, garanto-lhe.

Percebi, pelo rosto entristecido do baronete, que ele estava profundamente magoado pelo que considerava uma deserção de nossa parte.

– Quando desejam ir? – perguntou friamente.

– Logo após o café da manhã. Iremos até Coombe Tracey, mas Watson deixará suas coisas como prova de que voltará para seu lado. Watson, mande um bilhete para Stapleton, dizendo que lamenta não poder ir.

– Também estou com vontade de ir para Londres com vocês – confessou o baronete. – Por que devo ficar aqui sozinho?

— Porque esse é o seu posto de serviço. Porque me deu sua palavra de que faria o que lhe pedisse, e estou pedindo para ficar.

— Está bem, então ficarei.

— Mais uma instrução! Quero que vá de coche para a Casa Merripit. Porém, mande o coche de volta e diga que pretende regressar a pé para casa.

— Mas é exatamente o que tantas vezes me advertiu a não fazer!

— Desta vez você pode fazê-lo com segurança. Se eu não tivesse total confiança na sua coragem e determinação, não sugeriria isso, mas é essencial que o faça.

— Então farei.

— E, se dá valor à sua vida, só atravesse o pântano pelo caminho que vai direto da Casa Merripit até a estrada de Grimpen, trajeto natural para a mansão.

— Farei exatamente o que diz.

— Muito bem. Gostaria de ir embora o mais depressa possível após o café, de maneira a chegar a Londres à tarde.

Fiquei muito espantado com esse programa, embora me lembrasse de Holmes ter dito a Stapleton, na noite anterior, que sua visita terminaria no dia seguinte. No entanto, não tinha me passado pela mente que iria querer que eu fosse com ele, nem pude compreender como podíamos ambos nos ausentar em um momento que ele próprio declarara ser crítico. Não havia nada a fazer, contudo, exceto obedecer cegamente. Assim, dissemos adeus a nosso pesaroso amigo; duas horas depois, estávamos na estação de Coombe Tracey, e o coche já fazia sua viagem de volta.

Um garoto pequeno esperava na plataforma.

— Alguma ordem, senhor?

– Pegue esse trem para a cidade, Cartwright. No momento em que chegar lá, envie um telegrama para Sir Henry Baskerville, em meu nome, e diga que, se encontrar o caderninho de notas que deixei cair, deve fazer a gentileza de mandá-lo registrado, pelo correio, para Baker Street.

– Sim, senhor.

– E pergunte no escritório da estação se há algum recado para mim.

O menino voltou com um telegrama, que Holmes me entregou. Dizia: "Telegrama recebido. Indo para aí com mandado não assinado. Chego cinco e quarenta, Lestrade".

– É a resposta ao telegrama que enviei essa manhã. Considero Lestrade o melhor profissional, e podemos precisar da sua ajuda. Agora, Watson, acho que o melhor jeito de usar nosso tempo é visitando nossa conhecida, Sra. Laura Lyons.

Seu plano de ação estava começando a ficar claro. Holmes usaria o baronete para convencer os Stapleton de que tínhamos ido embora, mas, na verdade, voltaríamos no instante em que provavelmente seríamos necessários. Aquele telegrama de Londres, se mencionado por Sir Henry aos Stapleton, devia afastar as últimas suspeitas de suas mentes. Eu já parecia ver nossas redes se fechando sobre aquele peixe de queixo fino.

A Sra. Laura Lyons estava no escritório, e Sherlock Holmes iniciou a conversa com uma franqueza e objetividade que a deixaram bastante espantada.

– Estou investigando as circunstâncias que cercaram a morte de Sir Charles Baskerville – explicou ele. – Meu amigo aqui, Dr. Watson, me pôs a par do que a senhora revelou, e também do que omitiu em relação ao assunto.

– O que omiti?! – perguntou ela desafiadoramente.

– A senhora confessou que pediu a Sir Charles para estar no portão às 10h. Sabemos que aquele foi o lugar e aquela foi a hora de sua morte. Mas escondeu a relação que há entre esses acontecimentos.

– Não há nenhuma relação.

– Nesse caso, a coincidência seria realmente extraordinária. Mas acho que conseguiremos estabelecer uma relação, no final das contas. Desejo ser perfeitamente franco com a senhora, Sra. Laura Lyons. Consideramos esse caso como assassinato, e a prova pode implicar não só seu amigo, o Sr. Stapleton, como também a esposa dele.

Laura Lyons saltou da cadeira.

– Esposa dele?!

– O fato não é mais segredo. A pessoa que tem se passado por irmã é, na verdade, mulher dele.

A Sra. Lyons se sentara, agarrando-se aos braços da cadeira, e vi suas unhas cor-de-rosa embranquecerem com a força que fazia.

– Mulher dele! – exclamou. – Mulher dele! Ele não é casado! – Sherlock Holmes deu de ombros. – Prove! Prove! E se conseguir fazer isso...

O brilho feroz de seus olhos disse mais do que várias palavras.

– Vim preparado para isso – disse Holmes, tirando vários papéis do bolso. – Aqui está uma fotografia do casal, tirada em York há quatro anos. Está identificada como Sr. e Sra. Vandeleur, mas não terá nenhuma dificuldade em reconhecê-lo; e a ela também, se a conhecer de vista. Aqui estão três descrições escritas, por testemunhas dignas de confiança, do Sr. e da Sra. Vandeleur, que nessa época eram proprietários do colégio particular de St. Oliver. Leia e veja se pode duvidar da identidade dessas pessoas.

A Sra. Lyons olhou para as provas e depois ergueu os olhos para nós, com o rosto imóvel e rígido de uma mulher desesperada.

— Sr. Holmes — disse ela —, esse homem propôs se casar comigo, desde que eu conseguisse me divorciar de meu marido. Ele mentiu para mim, o canalha, de todas as maneiras possíveis. Jamais me disse uma única palavra que fosse verdadeira. E por quê? Por quê? Imaginei que tudo fosse para meu próprio bem. Mas, agora, vejo que nunca signifiquei nada, exceto um brinquedo em suas mãos. Por que devo continuar fiel a um sujeito que nunca foi fiel a mim? Por que devo tentar protegê-lo das consequências de seus próprios atos malignos? Pergunte-me o que quiser, não vou esconder nada. Uma coisa juro ao senhor: quando escrevi aquela carta jamais imaginei que causaria algum mal para o velho cavalheiro, que foi o meu amigo mais bondoso.

— Acredito piamente, senhora — disse Sherlock Holmes. — Narrar esses acontecimentos deve ser muito penoso para a senhora. Talvez seja mais fácil se eu lhe disser o que ocorreu, e a senhora me corrige, se eu cometer algum engano. Foi Stapleton que lhe sugeriu o envio da carta?

— Ele me ditou o texto.

— Suponho que o motivo que ele lhe deu foi que a senhora receberia ajuda de Sir Charles para as despesas legais relativas ao seu divórcio.

— Exatamente.

— E depois de a carta ser enviada, ele a convenceu a não comparecer ao encontro?

— Disse que feriria seu amor próprio o fato de outro homem fornecer o dinheiro para aquele fim específico, e que, embora fosse um homem pobre, dedicaria o seu último centavo para remover os obstáculos que nos separavam.

— Ele parece ser muito coerente em suas atitudes. E depois a senhora só teve mais informações quando leu a notícia da morte no jornal?

— Exato.

— E ele a fez jurar não contar nada sobre seu encontro marcado com Sir Charles?

— Fez. Convenceu-me de que a morte tinha sido muito misteriosa, e que com certeza suspeitariam de mim, se os fatos fossem revelados. Ele me assustou tanto, que fiquei em silêncio.

— Entendo. Mas a senhora nunca desconfiou?

Ela hesitou e baixou os olhos.

— Eu o conhecia — disse ela. — Mas, se ele tivesse se mantido fiel a mim, eu seria sempre fiel a ele.

— Creio que, no final das contas, a senhora teve sorte e escapou sã e salva — disse Sherlock Holmes. — A senhora o tem nas mãos, e ele sabe disso; no entanto, continua viva. Durante alguns meses, esteve perto demais da beira de um abismo. Agora, Sra. Lyons, tenha um bom dia. É provável que muito em breve volte a ter notícias nossas.

— Nosso caso começa a se esclarecer, e todas as dificuldades se desfazem diante de nós — disse Holmes, enquanto esperávamos a chegada do expresso de Londres. — Logo poderei reunir em uma única e coesa narrativa um dos crimes mais singulares e sensacionais dos tempos modernos. Os estudantes de criminologia irão se lembrar de incidentes análogos ocorridos em Grodno, na Bielorrússia, em 1866, e, claro, dos assassinatos de Anderson, na Carolina do Norte; mas este nosso caso possui algumas características absolutamente particulares. Mesmo agora, ainda não temos nenhum caso concreto contra esse homem astuto. Mas eu ficaria muito surpreso se, antes de irmos dormir esta noite, tudo não estiver totalmente esclarecido.

O expresso de Londres entrou bramindo na estação, e um homem pequeno e forte, lembrando um buldogue, saltou de um vagão de primeira-classe. Nós três apertamos as mãos, e logo vi, pela maneira reverente pela qual Lestrade olhava para meu companheiro, que o policial aprendera bastante, desde que começaram a trabalhar juntos. Lembrava-me bem do desprezo que as teorias do intelectual costumavam despertar no homem prático.

– Alguma coisa boa? – perguntou ele.

– A melhor, em anos – respondeu Holmes. – Temos duas horas antes de começarmos a agir. Acho que devemos aproveitá-las jantando; e depois, Lestrade, vamos livrar sua garganta do nevoeiro londrino com uma boa dose do ar puro da noite de Dartmoor. Já esteve lá? Bem, acho que não vai se esquecer de sua primeira visita.

Capítulo 14

O CÃO DOS BASKERVILLE

Um dos defeitos de Sherlock Holmes – se, realmente, é possível chamar de defeito – era a excessiva resistência a comunicar seus planos completos a qualquer outra pessoa até o instante de sua concretização. Em parte, isso derivava, sem dúvida, de sua própria natureza dominadora, que adorava comandar e surpreender quem estava à sua volta. Em parte, também, de sua cautela profissional, que sempre o impedia de correr qualquer risco. O resultado, no entanto, era muito penoso para aqueles que atuavam como seus agentes e assistentes. Eu mesmo tinha sofrido várias vezes com isso, mas nunca tanto quanto durante aquela longa viagem no escuro. O grande desafio estava diante de nós: finalmente, estávamos prestes a fazer nosso esforço final, e, apesar disso, Holmes não revelara nada. A única coisa que eu podia fazer era tentar imaginar qual seria o curso de sua ação. Meus nervos trepidavam de expectativa quando finalmente o vento frio em nossos rostos e os espaços vazios e escuros, dos dois lados da estrada estreita, denunciaram que estávamos de volta ao pântano. Cada passo dos cavalos e cada volta das rodas nos levavam para mais perto da nossa suprema aventura.

A presença do cocheiro do veículo alugado dificultou nossa conversa, de modo que fomos obrigados a falar de assuntos triviais, apesar de nossos nervos tensos de emoção e expectativa. Foi um alívio para mim, depois dessa contenção pouco natural, quando, enfim, passamos pela casa de Frankland e vimos que estávamos perto da mansão e da cena da ação. Não fomos de coche até a porta: em vez disso, descemos perto do portão da alameda. Pagamos a corrida, mandamos o coche imediatamente de volta para Coombe Tracey e começamos a caminhar para a Casa Merripit.

– Está armado, Lestrade?

O pequeno policial sorriu.

– Sempre que estou de calça, tenho um bolso lateral, e sempre que tenho um bolso lateral, guardo algo dentro dele.

– Ótimo! Meu amigo e eu também estamos prontos para emergências.

– O senhor está muito misterioso sobre esse caso, Sr. Holmes. Qual é o jogo, agora?

– Jogo de espera.

– Só digo que este lugar não parece muito animado – observou o policial com um calafrio, olhando para as encostas sombrias da colina em volta e o enorme lago de bruma que pairava sobre o pântano de Grimpen. – Vejo luzes vindo de uma casa à nossa frente.

– É a Casa Merripit e o fim da nossa jornada. Devo pedir-lhes que caminhem na ponta dos pés e que não falem mais alto do que um sussurro.

Seguimos com cuidado pela vereda, como se estivéssemos nos dirigindo à casa, mas Holmes nos deteve quando estávamos a cerca de duzentos metros dela.

– Aqui está bom – constatou. – Essas rochas à direita formam uma excelente proteção.

– Vamos esperar aqui?

– Sim, faremos nossa pequena emboscada aqui. Esconda-se nesta fenda, Lestrade. Já esteve dentro da casa, não é, Watson? Pode descrever a disposição dos cômodos? O que são aquelas janelas com treliças, nesta extremidade?

– Acho que são as janelas da cozinha.

– E aquela ali atrás, tão iluminada?

– Com certeza é a da sala de jantar.

– As cortinas estão levantadas. Você conhece melhor o terreno. Aproxime-se sem fazer barulho e veja o que eles estão fazendo, mas, por favor, não os deixe perceber que estão sendo vigiados!

Desci a vereda na ponta dos pés e agachei-me atrás de um muro baixo, que cercava o pomar de árvores raquíticas. Escondido pela sombra do muro, alcancei um ponto do qual tinha uma visão direta da janela sem cortinas.

Havia apenas dois homens na sala: Sir Henry e Stapleton. Estavam sentados de perfil para mim, cada um de um lado da mesa redonda. Os dois fumavam charutos, e havia café e vinho diante deles. Stapleton conversava, animado, mas o baronete parecia pálido e distraído. Talvez a ideia da caminhada solitária pelo pântano mal-assombrado estivesse pesando demais em sua mente.

Observei Stapleton levantar-se e deixar a sala, enquanto Sir Henry enchia seu copo outra vez e recostava-se na cadeira, fumando um charuto. Ouvi o ranger de uma porta e o ruído nítido de botas sobre o cascalho. Os passos vinham de uma trilha do outro lado do muro, sob o qual me agachara. Espiei e vi o naturalista parar diante da porta de uma casinha no canto do pomar. Uma chave girou na fechadura e, quando ele entrou, houve um estranho ruído tumultuado lá dentro. Ele demorou-se apenas um ou dois minutos no interior, depois ouvi a chave girar mais uma vez, e ele passou por mim, voltando para a casa. Vi-o reunir-se a seu convidado e esgueirei-me em silêncio até onde meus companheiros estavam, para contar-lhes o que tinha visto.

— Quer dizer, Watson, que a senhora não está lá? — perguntou Holmes, quando terminei meu relatório.

— Não.

— Onde ela pode estar, então, já que não há nenhuma luz em qualquer outro cômodo além da cozinha?

— Não faço ideia.

Já comentei que sobre o grande pântano de Grimpen pairava uma névoa branca e densa. Movia-se lentamente em nossa direção, concentrando-se daquele lado, como um muro baixo, porém espesso e bem-definido. A lua brilhava sobre a névoa, que parecia uma grande pista de gelo cintilante, com os topos das rochas distantes saltando de sua superfície. O rosto de Holmes virou-se para o nevoeiro e ele resmungou, irritado, ao observá-lo se arrastar devagar.

— Está vindo na nossa direção, Watson.

— Isso é grave?

— Muito grave, a única coisa que poderia atrapalhar meus planos. Sir Henry deve estar indo embora. Já são 10h. Nosso sucesso, e até a vida dele, talvez dependam de ele sair antes que a neblina cubra o caminho.

Acima de nós, a noite estava clara e linda. As estrelas brilhavam frias e nítidas, enquanto uma meia-lua banhava o cenário, com uma luz suave e indefinida. À nossa frente, estava o contorno escuro da casa, com seu telhado serrilhado e as chaminés encrespadas, que se estendiam contra o céu prateado. Faixas largas de luz dourada derramavam-se pelas janelas mais baixas sobre o pomar e o pântano. Uma delas fechou-se de repente. Os criados tinham deixado a cozinha. Restava apenas o lampião na sala de jantar, onde os dois homens – o anfitrião assassino e o convidado inocente – ainda conversavam, fumando seus charutos.

A cada minuto, a névoa branca que cobria metade do pântano arrastava-se para mais perto da casa. As primeiras espirais finas já se enrolavam pelo quadrado dourado da janela iluminada. O muro oposto do pomar já estava invisível, e as árvores se projetavam do centro de um moinho de vapor branco. Observamos as névoas espiraladas cercarem ambos os cantos da casa e deslizarem lentamente, formando uma nuvem densa sobre a qual o andar superior e o telhado flutuavam, como uma estranha embarcação num mar de sombras. Holmes socou com violência a pedra à nossa frente e bateu os pés no chão, impaciente.

– Se ele não sair em quinze minutos, a vereda ficará coberta. Mais meia hora, e será impossível ver nossas mãos diante de nós.

– Vamos recuar para um terreno mais elevado?

– Sim, acho que seria melhor.

Assim, à medida que a barreira de névoa avançava, fomos retrocedendo, até chegarmos a quinhentos metros da casa; mas o denso mar branco, banhado pelo luar, continuava a avançar lenta e implacavelmente.

– Estamos nos afastando demais – observou Holmes. – Não podemos correr o risco de ele ser atacado antes de chegar até nós. Temos de permanecer onde estamos, a todo custo.

Ele se ajoelhou e colou o ouvido ao chão.

– Até que enfim, acho que ele está vindo.

Um ruído de passos rápidos rompeu o silêncio do pântano. Agachados entre as pedras, olhávamos atentamente para o banco de nuvens diante de nós. Os passos soaram mais alto e, através da cerração, como se atravessasse uma cortina, surgiu quem esperávamos. Ao sair na noite clara e estrelada, ele olhou ao redor, surpreso. Depois avançou depressa pela trilha, passou perto de onde estávamos e continuou subindo a longa encosta atrás de nós. Enquanto andava, o tempo todo olhava por cima dos ombros, como se tomado de grande preocupação.

– Psiu! – exclamou Holmes, e ouvi o engatilhar metálico de uma pistola. – Atenção! Ele está vindo!

De alguma parte do meio do nevoeiro que se arrastava, ouviu-se um som distinto e contínuo de patas. A nuvem estava a cinquenta metros de nós, e olhamos fixamente para ela, incertos do horror que estava prestes a irromper de seu âmago. Eu estava próximo a Holmes e olhei por um instante para seu rosto. Estava pálido e exultante, os olhos brilhando ao luar. Mas, de repente, sua expressão mudou, seu olhar tornou-se rígido e fixo e sua boca se abriu, em um susto. No mesmo instante, Lestrade soltou um grito de terror e lançou-se de bruços no chão. Com um pulo, me levantei, trêmulo, com a mão agarrada à pistola, a mente paralisada pela horrível aparição que saltara das sombras da névoa. Era um cão, um cão enorme, negro como carvão, jamais visto por olhos mortais. De sua boca, jorrava fogo; seus olhos brilhavam como brasa viva, e seu focinho, os pelos do pescoço e a papada eram contornados por chamas. Nem no sonho delirante de uma mente doentia poderia ser concebido algo tão selvagem, tão aterrador, tão infernal quanto o vulto escuro e a face selvagem que nos defrontou, saindo do muro de neblina.

Com longos saltos, a enorme criatura preta corria pela trilha, seguindo os passos de nosso amigo. Ficamos tão paralisados pela aparição, que permitimos que ela passasse antes de nos recompormos. Em seguida, Holmes e eu atiramos juntos, e a criatura soltou um uivo medonho, mostrando que pelo menos uma bala a tinha atingido. Não parou, no entanto: continuou avançando aos pulos. A distância, na trilha, vimos Sir Henry virando-se para trás, o rosto branco ao luar, as mãos erguidas de terror, encarando, impotente, a coisa assustadora que o perseguia.

Mas o grito de dor do cão desfizera todos os nossos receios. Se ele era vulnerável, era mortal; e se podíamos feri-lo, podíamos matá-lo. Nunca vi um homem correr como Holmes, naquela noite. Sou considerado ligeiro, mas ele me ultrapassou da mesma forma que ultrapassei o pequeno policial. Diante de nós, ao voarmos caminho abaixo, ouvimos os gritos de Sir Henry e o rosnar rouco do cão. Cheguei a tempo de ver a fera saltar sobre sua vítima, atirá-la ao chão e lançar-se à sua garganta. Mas no instante seguinte, Holmes disparara cinco tiros no lombo da criatura. Com um último uivo de agonia e uma mordida enraivecida no ar, a fera rolou de costas, as quatro patas agitando-se furiosamente, depois caiu de lado. Ofegante, inclinei-me e encostei minha pistola na cabeça horrenda e luzente, mas não foi preciso apertar o gatilho. O cão gigantesco estava morto.

Sir Henry jazia inconsciente onde tinha caído. Arrancamos seu colarinho, e Holmes murmurou uma prece de gratidão quando viu que não havia nenhum sinal de ferimento e que o socorro chegara a tempo. As pálpebras de nosso amigo já começavam a tremer, e ele fez um débil esforço para se mover. Lestrade forçou um frasco de conhaque entre os dentes do baronete, e dois olhos assustados se fixaram em nós.

– Meu Deus! – sussurrou ele. – O que era aquilo?! O que, em nome de Deus, era aquilo?!

– O que quer que fosse, está morto – Holmes o tranquilizou. – Liquidamos o fantasma da família de uma vez por todas.

O tamanho e a força da terrível criatura que jazia estendida diante de nós eram um sinal de sua monstruosidade. Não era nem um sabujo puro nem um mastim puro, parecia uma mistura dos dois: esguio, selvagem e tão grande quanto uma leoa. Mesmo agora, na imobilidade da morte, as mandíbulas imensas pareciam gotejar uma chama azulada, e os olhos pequenos, profundos e cruéis tinham uma moldura de fogo. Coloquei a mão sobre o focinho incandescente e, ao erguer os dedos, percebi que brilhavam na escuridão.

– Fósforo – concluí.

– Uma fórmula bem bolada – concordou Holmes, cheirando o animal morto. – Nenhum odor que pudesse interferir no poder de seu faro. Devo-lhe profundas desculpas, Sir Henry, por tê-lo exposto a esse susto. Eu estava preparado para um cão, mas não para uma criatura como esta. E a névoa nos deixou com pouco tempo para recebê-la.

– Vocês salvaram minha vida.

– Mas, primeiro, a pus em perigo. Tem força o bastante para se levantar?

– Dê-me mais um grande gole desse conhaque, e estarei pronto para qualquer coisa. Isso! Agora, se quiser me ajudar... O que propõe?

– Deixá-lo aqui. Você não está preparado para mais aventuras esta noite. Se puder esperar, um de nós voltará com você para a mansão.

Cambaleando, ele tentou levantar-se, mas ainda estava horrivelmente pálido, e todos os seus membros tremiam. Nós o ajudamos a chegar a uma pedra, onde se sentou, trêmulo, com o rosto entre as mãos.

– Temos que deixá-lo agora – disse Holmes. – O resto do nosso trabalho tem de ser feito, e cada minuto é importante. Temos nosso caso, e agora precisamos pegar nosso homem. A probabilidade de o encontrarmos em casa é mínima – continuou, ao refazermos rapidamente nossos passos pela trilha. – Os tiros devem tê-lo alertado de que o jogo acabou.

– Estávamos bastante afastados da casa, e a cerração pode tê-los abafado.

– Ele foi atrás do cão, para chamá-lo de volta, disso vocês podem estar certos. Não, não, ele já se foi, a esta altura! Mas revistaremos a casa para ter certeza.

A porta da frente estava aberta. Entramos correndo e vasculhamos todos os cômodos, para espanto de um velho criado trôpego que trombou conosco no corredor. A única luz era a da sala de jantar, mas Holmes apanhou o lampião e não deixou nenhum canto da casa inexplorado. Não vimos sinal do homem que perseguíamos. No andar de cima, contudo, a porta de um dos quartos estava trancada.

– Há alguém aqui – gritou Lestrade. – Posso ouvir um movimento. Abra essa porta!

Um gemido fraco e um farfalhar vieram do interior. Com o pé, Holmes golpeou a porta logo acima da fechadura, e ela se abriu. De pistola em punho, nós três entramos correndo no quarto. Mas lá não havia nenhum sinal do vilão desesperado e desafiador que esperávamos encontrar. Em vez disso, nos deparamos com um objeto tão estranho e tão inesperado, que ficamos parados por um momento observando, espantados.

O quarto tinha sido transformado em um pequeno museu, e as paredes estavam cobertas por inúmeros estojos de tampo de vidro repletos de borboletas e mariposas, cuja coleção fora o passatempo daquele homem complexo e perigoso. No centro do cômodo erguia-se uma viga, que fora colocada em algum momento como suporte dos barrotes de madeira, comidos por cupim, que sustentavam o telhado. A essa viga estava amarrado um corpo, tão enfaixado e encoberto pelos lençóis usados para amarrá-lo, que por um instante não se podia dizer se era de um homem ou de uma mulher. Uma toalha passava em volta da garganta e estava presa atrás do pilar. Outra cobria a parte inferior do rosto, e acima dela nos fitavam dois olhos escuros, cheios de dor e vergonha, apavorados e interrogativos. Num minuto arrancamos a mordaça, desenfaixando os laços, e a Sra. Stapleton desabou no chão diante de nós. Quando a bela cabeça tombou sobre o peito, vi claramente o vergão vermelho de uma chicotada em seu pescoço.

– Desgraçado! – exclamou Holmes. – Aqui, Lestrade, sua garrafa de conhaque! Ponha-a na cadeira! Ela desmaiou de maus tratos e exaustão.

Ela abriu os olhos outra vez.

– Ele está em segurança? – perguntou ela. – Ele escapou?

– Ele não vai escapar de nós, madame.

– Não, não me refiro ao meu marido. Sir Henry? Ele está em segurança?

– Está.

– E o cão?

– Está morto.

Ela soltou um longo suspiro de alívio.

– Graças a Deus! Graças a Deus! Oh, aquele miserável! Vejam o que fez comigo! – Ela arregaçou as mangas, e vimos com horror que seus braços estavam cobertos de contusões. – Mas isso não é nada, nada! Foram minha mente e minha alma que ele mais torturou e maculou. Pude suportar isso tudo, maus tratos, solidão, uma vida de impostora, tudo, contanto que ainda pudesse me agarrar à esperança de que tinha o seu amor. Mas agora sei que nisso também fui ingênua, não passei de um instrumento em suas mãos. – Enquanto falava, irrompeu em um pranto desesperado.

– Não deve nenhuma boa vontade a ele, madame – disse Holmes. – Conte-nos, então, onde podemos encontrá-lo. Se a senhora alguma vez o ajudou em suas maldades, agora é a hora de se redimir.

– Só há um lugar para onde ele pode ter fugido – respondeu ela. – Há uma velha mina de estanho numa ilha no meio do pântano. Era lá que ele mantinha o cão e também fazia preparativos, para o caso de precisar de um esconderijo. É para lá que fugiria.

Como lã branca, o nevoeiro cobria a janela. Holmes ergueu o lampião na direção dela.

– Vejam! Ninguém conseguiria andar pelo pântano de Grimpen esta noite.

Ela riu, batendo palmas. Seus olhos e dentes brilharam com uma alegria selvagem.

– Ele pode até encontrar o caminho para entrar, mas não para sair! – exclamou. – Como poderá enxergar as varas de orientação em uma noite como esta? Nós as fincamos na terra, para marcar o caminho pelo pântano. Oh, se ao menos eu as tivesse arrancado hoje... Os senhores realmente o teriam à sua mercê!

Era evidente que qualquer perseguição seria em vão até que a neblina passasse. Assim sendo, deixamos Lestrade na casa, enquanto Holmes e eu voltamos com o baronete para a Mansão Baskerville. Não podíamos mais esconder dele a história dos Stapleton, mas ele recebeu com bravura o golpe de saber a verdade sobre a mulher que amava. No entanto, o choque das aventuras da noite abalara seus nervos, e, na madrugada, delirava com febre alta, sob os cuidados do Dr. Mortimer. Os dois iriam viajar pelo mundo, até que Sir Henry voltasse a ser o homem vigoroso e bondoso de antes e realmente tomasse posse da propriedade agourenta.

Agora, passo rapidamente à conclusão desta singular narrativa, na qual tentei fazer o leitor partilhar dos medos sombrios e das suspeitas vagas que obscureceram nossas vidas por tanto tempo e terminaram de maneira tão trágica. Na manhã seguinte à morte do cão, a névoa tinha desaparecido, e a Sra. Stapleton nos guiou até o ponto onde tinham descoberto um caminho pelo atoleiro. Ver o entusiasmo e a alegria com que nos pôs na pista de seu marido nos ajudou a compreender o horror que fora a vida daquela mulher. Avançamos, deixando-a sobre a península de terra firme e turfosa que se estreitava pântano adentro. A partir da ponta da península, pequenas varas plantadas aqui e ali mostravam o caminho em ziguezague, que ia de tufo em tufo de junco por entre os buracos cheios de espuma verde e os atoleiros imundos que impediam o avanço de estranhos. Altos caniços opulentos e plantas aquáticas viçosas exalavam um odor de podridão e um vapor fétido e pesado em nossos rostos. Mais de uma vez, um passo em falso nos fez mergulhar até a coxa no lodaçal escuro e trepidante, que formava longas ondulações macias ao redor de nossos pés. Sua viscosidade tenaz prendia nossos calcanhares enquanto andávamos, e afundávamos, como se uma mão maligna estivesse nos puxando para baixo, para dentro daquelas profundezas obscuras, tão forte e implacável era a pressão com que nos agarrava. Só uma vez vimos um traço de que alguém havia passado por aquele caminho perigoso antes de nós. Do meio de um tufo que brotava do lodo, projetava-se um objeto escuro. Holmes afundou até a cintura quando saiu do caminho para pegá-lo; se não estivéssemos lá para puxá-lo de volta, talvez nunca mais voltasse a pôr os pés em terra firme. Ele ergueu uma velha bota preta. Na parte interna do couro, lia-se: "Meyers, Toronto".

— Isso valeu o banho de lama! – exclamou Holmes. – É a bota perdida do nosso amigo, Sir Henry.

— Atirada ali por Stapleton, em sua fuga.

— Exato, depois de usá-la para pôr o cão no rasto de Sir Henry. Fugiu, ainda com ela na mão, quando viu que o jogo tinha terminado. E, neste ponto de sua fuga, atirou-a para o lado. Pelo menos, sabemos que ele chegou até aqui em segurança.

Porém, nosso destino era jamais saber mais do que isso, embora houvesse muito que podíamos imaginar. Não havia nenhuma possibilidade de encontrar pegadas no pântano, pois a lama que subia as cobria rapidamente, mas quando, finalmente, ultrapassamos o charco e alcançamos terra mais firme, procuramos ansiosos por marcas no solo. Mas nem o mais ligeiro sinal foi encontrado. Se a história que a terra nos contava era verdadeira, então Stapleton jamais chegara ao refúgio na ilha para a qual se precipitara em meio à névoa da noite anterior. Em algum lugar, no coração do grande pântano de Grimpen, no fundo do lodo imundo do enorme atoleiro que o tinha sorvido, aquele homem frio e de coração cruel está enterrado para sempre.

Encontramos muitos vestígios dele na ilha cercada de lodo, onde tinha escondido seu selvagem aliado. Uma enorme roda de engrenagem e um poço com lixo até a metade indicavam a posição de uma mina abandonada. Ao lado, estavam as ruínas das casinhas dos mineiros, expulsos sem dúvida pelo cheiro infecto do pântano ao redor. Em uma dessas ruínas, uma corrente e uma grande quantidade de ossos roídos mostravam onde o animal ficava confinado. Entre os detritos, encontramos um esqueleto com um emaranhado de pelos marrons.

– Um cão! – exclamou Holmes. – Céus, um spaniel de pelos encaracolados. Pobre Mortimer, nunca voltará a ver seu animal de estimação. Bem, acho que este lugar não contém mais nenhum segredo que já não tenhamos deduzido. Stapleton podia esconder sua fera, mas não podia calar sua voz, daí aqueles uivos que, mesmo à luz do dia, eram tão desagradáveis de ouvir. Numa emergência, poderia guardar o cão na casa do pomar de Merripit, mas era sempre um risco, e foi só no dia supremo, que considerava o fim de todos seus esforços, que se atreveu a fazer isso. Esta pasta na lata sem dúvida é a mistura luminosa com a qual a criatura era besuntada. A ideia, com certeza, surgiu inspirada na história do cão diabólico da família, e tinha como objetivo amedrontar o velho Sir Charles até a morte. Não admira que o pobre-diabo do fugitivo corresse e gritasse, da mesma forma como fez nosso amigo, e como nós mesmos teríamos feito, quando viu essa criatura saltando em seu encalço na escuridão do pântano. Foi um artifício astuto, pois, além da possibilidade de levar sua vítima à morte, que camponês se aventuraria a investigar de perto essa criatura, ao dar com ela no pântano, como aconteceu tantas vezes? Eu disse em Londres, Watson, e volto a dizer agora, que nunca ajudamos a capturar um homem mais perigoso do que esse que jaz lá no fundo. – E com um gesto do braço comprido, apontou na direção da imensidão do pântano, salpicado de manchas verdes, que se estendia ao longe, até se fundir com as encostas avermelhadas.

Capítulo 15

RETROSPECTO

Era fim de novembro, e Holmes e eu estávamos sentados, numa noite fria, úmida e nevoenta, ao lado das chamas da lareira, em nossa sala de Baker Street. Desde o desfecho trágico de nossa visita a Devonshire, ele já se dedicara a dois casos da extrema importância: no primeiro, tinha denunciado a conduta atroz do Coronel Upwood em relação ao famoso escândalo das cartas do Clube Nonpareil; no segundo, tinha defendido a infeliz Madame Montpensier da acusação de assassinato que pendia sobre ela, com relação à morte de sua enteada, Srta. Carère, a jovem que, como todos devem lembrar, seis meses mais tarde foi encontrada viva e casada em Nova York.

Meu amigo estava de excelente humor pelo sucesso obtido em uma sucessão de casos difíceis e importantes. Com isso, pude convencê-lo a discutir os detalhes do mistério de Baskerville. Tinha esperado pacientemente pela oportunidade, pois sabia que ele nunca permitiria que os casos se superpusessem, afastando sua mente clara e lógica do trabalho atual para discorrer sobre lembranças do passado. No entanto, Sir Henry e o Dr. Mortimer estavam em Londres, a caminho da longa viagem recomendada para restaurar seus nervos abalados. Tinham nos visitado naquela mesma tarde, de modo que era natural que o assunto viesse à tona.

– Todo o decorrer dos acontecimentos – disse Holmes –, do ponto de vista do homem que dizia se chamar Stapleton, era simples e direto, embora para nós, que no começo não tínhamos nenhum meio de saber os motivos dos seus atos e apenas tínhamos conhecimento de uma parte dos fatos, tudo parecesse extremamente complexo. Tive a vantagem de conversar duas vezes com a Sra. Stapleton, e o caso agora está tão claro, que não sei se há algum detalhe que tenha permanecido obscuro para nós. Encontrará algumas anotações sobre o assunto na letra B da minha lista alfabética de casos.

– Talvez pudesse fazer a gentileza de me fornecer de memória um resumo do curso dos acontecimentos.

– Com certeza, embora não garanta ter todos os fatos ainda presentes na cabeça. A concentração mental intensa tem uma curiosa maneira de apagar o que passou. O advogado que tem o caso na ponta dos dedos e pode discutir com qualquer especialista sobre sua própria especialidade descobre que, uma ou duas semanas depois do julgamento, o assunto todo fugiu de sua memória. Assim, cada um dos meus casos substitui o anterior, e a Srta. Carère apagou minha lembrança da Mansão Baskerville. Amanhã algum outro pequeno problema pode ser submetido à minha atenção, o que por sua vez tomará o lugar da bela dama francesa e do infame Upwood. No que diz respeito ao caso do cão, contudo, vou fazer-lhe um relato do curso dos acontecimentos da melhor maneira possível, e chame minha atenção para qualquer coisa que eu possa ter esquecido.

"Minhas investigações mostram, além de qualquer dúvida, que o retrato não mentiu, e que aquele sujeito era realmente um Baskerville. Era filho de Rodger Baskerville, o irmão caçula de Sir Charles, que fugiu com uma péssima reputação para a América do Sul, onde se supunha ter morrido sem se casar. Na verdade, ele se casou, e teve um filho: esse homem, cujo nome verdadeiro é o mesmo do seu pai. Ele, por sua vez, se casou com Beryl Garcia, uma beldade da Costa Rica, e, tendo roubado uma soma considerável de dinheiro público, mudou o nome para Vandeleur e voltou para a Inglaterra, onde se estabeleceu com um colégio a leste de Yorkshire. Seu motivo para tentar tal linha de negócio foi o fato de ter travado conhecimento com um professor tuberculoso na viagem para casa e ter usado a capacidade desse homem para tornar o empreendimento um sucesso. No entanto, Fraser, o professor, morreu, e o colégio, que começara bem, caiu do descrédito para a infâmia. Os Vandeleur acharam melhor mudar o nome para Stapleton, e ele trouxe o resto de sua fortuna, seus planos para o futuro e seu gosto pela entomologia para o sul da Inglaterra. Eu soube, no Museu Britânico, que ele era uma autoridade reconhecida no assunto, e que o nome Vandeleur está para sempre associado a certa mariposa que ele, em seu tempo de Yorkshire, foi o primeiro a descrever.

"Chegamos agora àquela parcela de sua vida que mereceu tanto interesse de nossa parte. O sujeito tinha, evidentemente, investigado e descoberto que só duas vidas o separavam de uma valiosa herança. Quando foi para Devonshire, seus planos eram – creio – bastante vagos, mas é evidente que desde o princípio estava com más intenções, tendo levado sua mulher disfarçada de irmã. A ideia de usá-la como chamariz já estava clara em sua mente, embora talvez ainda não tivesse organizado todos os detalhes de sua trama. Ele pretendia, no fim, tomar posse da propriedade, e estava pronto para usar qualquer instrumento ou correr qualquer risco para isso. Seu primeiro ato foi estabelecer-se o mais perto possível de seu antigo lar, e o segundo foi cultivar a amizade de Sir Charles Baskerville e dos vizinhos.

"O próprio Sir Charles contou a ele a história do cão fantasmagórico da família, preparando assim o caminho para sua própria morte. Stapleton, como continuarei a chamá-lo, sabia, através do Dr. Mortimer, que o coração do velho era fraco e que um susto o mataria. Também tinha ouvido que Sir Charles era supersticioso e levava muito a sério a lenda sombria. Sua mente engenhosa logo bolou um meio pelo qual o baronete pudesse ser morto, sem que fosse possível imputar a culpa ao verdadeiro assassino.

"Tendo concebido a ideia, começou a executá-la com considerável requinte. Um maquinador comum teria se contentado em usar um cão selvagem. O uso de meios artificiais para tornar a criatura diabólica foi um toque de gênio. O cão ele comprou em Londres, de Ross e Mangles, comerciantes da Fulham Road. Era o mais forte e selvagem que tinham. Ele o trouxe para o sul, pela linha North Devon, e teve de percorrer uma grande distância a pé, pelo pântano, a fim de levá-lo para casa sem despertar nenhum comentário. Em suas caçadas de insetos, já tinha aprendido a andar pelo pântano de Grimpen, e assim encontrara um esconderijo seguro para a criatura. Ali o manteve no canil e esperou a oportunidade.

"Mas tal ocasião demorou algum tempo para chegar.

Nada atraía o velho cavalheiro, à noite, para fora de seus domínios. Várias vezes Stapleton escondeu-se por perto com o cão, mas não obteve sucesso. Foi durante essas andanças infrutíferas que ele – ou melhor, seu aliado – foi visto pelos camponeses, e a lenda do cão diabólico recebeu nova confirmação. Tinha esperado que sua mulher pudesse levar Sir Charles à ruína, mas nesse aspecto ela deu mostras de inesperada independência. Recusou-se a envolver o velho cavalheiro em uma ligação sentimental que o entregasse ao inimigo. Ameaças e até – lamento dizer – pancadas não a fizeram mudar de ideia. Não participaria de nada daquilo, e por algum tempo Stapleton ficou num impasse.

"O acaso forneceu uma solução para suas dificuldades. Sir Charles, que tinha se tornado amigo dele, encarregou-o de concretizar sua caridade no caso daquela infeliz mulher, a Sra. Laura Lyons. Apresentando-se como solteiro, Stapleton adquiriu completa influência sobre ela, e deu-lhe a entender que, no caso de ela obter o divórcio do marido, eles se casariam. Seus planos tiveram de ser apressados quando tomou conhecimento de que Sir Charles estava prestes a deixar a mansão, a conselho do Dr. Mortimer, com cuja opinião fingia concordar. Devia agir imediatamente, ou sua vítima ficaria fora de seu alcance. Portanto, pressionou a Sra. Lyons a escrever aquela carta, implorando ao velho para encontrar-se com ela na noite anterior à sua partida para Londres. Depois, através de um argumento astucioso, impediu-a de ir, e teve assim a oportunidade pela qual tanto esperara.

"À noite, voltou de Coombe Tracey de coche e chegou a tempo de pegar o cão, lambuzá-lo com a tinta infernal e levar o animal até o portão no qual sabia que encontraria o velho cavalheiro. O cão, incitado pelo dono, saltou por cima da cancela do portão e perseguiu o infeliz baronete, que fugiu gritando pela Alameda dos Teixos. Naquele túnel sombrio, deve realmente ter sido uma visão horrível: aquela criatura negra, enorme, com as mandíbulas em chamas e os olhos incandescentes, saltando atrás de sua vítima. Sir Charles caiu morto no fim da alameda, vítima de ataque cardíaco e de pavor. O cão tinha ficado sobre a faixa gramada enquanto o baronete corria pelo caminho, de forma que nenhuma pegada, exceto as do velho homem, ficou visível. Ao vê-lo caído, imóvel, a criatura provavelmente aproximou-se para farejá-lo, mas, encontrando-o morto, se afastou. Foi nesse momento que deixou a pegada observada pelo Dr. Mortimer. O cão foi chamado e levado às pressas para o covil no pântano de Grimpen, deixando para trás um mistério que confundiu as autoridades, alarmou a região e, finalmente, trouxe o caso às nossas mãos.

"Isso é tudo sobre a morte de Sir Charles Baskerville. Você percebe a astúcia diabólica? Realmente, seria quase impossível criar um caso contra o verdadeiro assassino. Seu único cúmplice era um animal que nunca poderia denunciá-lo, e a natureza grotesca e inconcebível do estratagema só serviu para torná-lo mais eficaz. Ambas as mulheres relacionadas com o caso, a Sra. Stapleton e a Sra. Laura Lyons, ficaram com fortes suspeitas contra Stapleton. A esposa sabia que ele tinha planos com relação ao velho, e também da existência do cão. A Sra. Lyons não sabia de nenhuma dessas coisas, mas tinha ficado impressionada com o fato de a morte ter ocorrido na ocasião de um encontro não cancelado do qual só o amante sabia. Contudo, ambas estavam sob sua influência, e ele não tinha nada a recear por parte delas. A primeira metade da sua tarefa fora realizada com sucesso, mas o mais difícil ainda estava por vir.

"É possível que Stapleton não soubesse da existência de um herdeiro no Canadá. De qualquer maneira, saberia disso, muito em breve, através de seu amigo, o Dr. Mortimer, que lhe contou todos os detalhes da chegada de Sir Henry Baskerville. A primeira ideia de Stapleton foi que esse jovem do Canadá talvez pudesse ser morto em Londres, sem nem chegar a Devonshire. Ele não confiava em sua mulher desde que ela se recusara a ajudá-lo a preparar uma armadilha para o velho, e não correria o risco de deixá-la longe dele por muito tempo, com medo de perder a influência sobre ela. Por isso, levou-a para Londres. Descobri que se hospedaram no Hotel Mexborough Private, em Craven Street – um dos visitados por meu agente em busca de provas. Ali Stapleton manteve a mulher prisioneira no quarto, enquanto ele, disfarçado com uma barba, seguiu o Dr. Mortimer até Baker Street e depois até a estação e o Hotel Northumberland. A mulher tinha alguma noção de seus planos, mas estava com tanto medo do marido – medo despertado por anos de um tratamento brutal –, que não se atreveu a escrever para prevenir o homem que ela sabia estar em perigo. Se a carta caísse nas mãos de Stapleton, sua própria vida estaria em risco. Finalmente, como sabemos, ela adotou o expediente de cortar do jornal as palavras que formariam a mensagem, sobrescritando-a com uma caligrafia disfarçada. A nota chegou às mãos do baronete e deu-lhe o primeiro aviso do perigo que corria.

"Era essencial para Stapleton arranjar alguma peça de vestuário de Sir Henry para que, no caso de ser obrigado a usar o cão, pudesse ter meios de lançá-lo em seu encalço.

Com a presteza e a audácia características, cuidou disso imediatamente, e não podemos duvidar que o engraxate ou a camareira do hotel tenham sido subornados para ajudá-lo com seus planos. Mas, por acaso, a primeira bota que conseguiu era nova e, portanto, inútil para seu objetivo. Então, devolveu essa e obteve outra, um incidente muito instrutivo, já que provou conclusivamente, em minha mente, que estávamos lidando com um cão verdadeiro, pois nenhuma outra suposição poderia explicar a rejeição da bota nova e a necessidade de obter uma velha. Quanto mais despropositado e grotesco é um incidente, mais cuidado ele merece ao ser examinado, e exatamente o ponto que parece complicar um caso é que, devidamente considerado e cientificamente manipulado, tem maior probabilidade de elucidá-lo.

"Na manhã seguinte, tivemos a visita de nossos amigos, seguidos sempre por Stapleton no cabriolé. Pelo seu conhecimento de nosso endereço e de minha aparência, bem como por sua conduta geral, estou inclinado a pensar que a carreira criminosa de Stapleton não está limitada, de maneira alguma, a esse caso isolado de Baskerville. É sugestivo o fato de nos últimos três anos ter havido quatro roubos consideráveis na região Oeste, em nenhum dos quais se chegou a prender o criminoso. O último desses, em Folkstone Court, em maio, notabilizou-se pelo sangue-frio com que o ladrão mascarado e solitário atirou no pajem que o surpreendeu. Não duvido nada de que foi dessa maneira que Stapleton renovou seus recursos à beira da extinção, e que por muitos anos vem agindo como um homem desesperado e perigoso.

"Tivemos um exemplo de sua habilidade naquela manhã em que se livrou de nós com tanto sucesso, e de sua audácia ao apresentar-se com meu nome ao cocheiro. Desde aquele momento, ele soube que eu tinha assumido o caso em Londres, e que, portanto, não teria nenhuma chance aqui. Voltou para Dartmoor e esperou a chegada do baronete."

– Um momento! – interrompi. – Você descreveu com precisão, sem dúvida, a sequência dos acontecimentos, mas há um ponto que deixou de esclarecer: quem cuidou do cão enquanto seu dono esteve em Londres?

– Dediquei alguma atenção a esse ponto, e sem dúvida ele é importante. Não pode haver nenhuma dúvida de que Stapleton tinha um homem de confiança, embora seja pouco provável que alguma vez o tivesse colocado a par de todos os seus planos. Havia um velho empregado, Anthony, na Casa Merripit. Sua ligação com os Stapleton remonta há vários anos, desde o período em que o patrão dirigiu o colégio, de forma que com certeza sabia que ele e a patroa eram na verdade marido e mulher. Esse homem desapareceu e fugiu do país. É sugestivo que Anthony não seja um nome comum na Inglaterra, ao contrário de Antônio, usual em todos os países hispânicos ou hispano-americanos. O homem, como a própria Sra. Stapleton, falava inglês bem, mas com um curioso sotaque ciciado. Eu mesmo vi esse velho atravessar o pântano de Grimpen pela trilha que Stapleton tinha demarcado. É muito provável, portanto, que, na ausência do patrão, ele cuidasse do cão, embora talvez nunca tenha sabido para que o animal era usado.

"Os Stapleton voltaram para Devonshire, sendo logo seguidos por Sir Henry e você. E agora uma palavra quanto à situação na ocasião. Deve recordar que, quando inspecionei o papel sobre o qual as palavras impressas foram coladas, fiz um exame minucioso da marca d'água. Para isso, segurei-o a poucos centímetros dos meus olhos, e percebi um ligeiro aroma do perfume conhecido como jasmim branco. Há 75 fragrâncias que um perito em crimes deve distinguir, e, de acordo com minha própria experiência, mais de um caso dependeu dessa imediata identificação. A fragrância sugeria a presença de uma dama, e, já naquele momento, minhas suspeitas começavam a se voltar para os Stapleton. Assim, certifiquei-me da existência do cão e desconfiei do criminoso, antes mesmo de irmos para a região Oeste.

"Minha parte na investigação era vigiar Stapleton. Porém, era evidente que não poderia fazer isso se estivesse com vocês, pois ele ficaria altamente em alerta. Portanto, enganei a todos, inclusive você, e fui secretamente para o sul, enquanto pensavam que eu estava em Londres. Minhas provações não foram tão grandes quanto você imaginou, embora esses detalhes insignificantes nunca devam interferir na investigação de um caso. Fiquei a maior parte do tempo em Coombe Tracey e só usei a cabana do pântano quando foi necessário ficar perto da cena da ação. Cartwright tinha ido comigo, e, disfarçado de jovem camponês, me foi de grande ajuda. Eu dependia dele no que diz respeito à comida e à roupa lavada. Enquanto eu observava Stapleton, Cartwright observava você, e dessa forma consegui manter toda a situação sob controle.

"Já lhe disse que seus relatórios chegavam rapidamente até mim, sendo reenviados instantaneamente de Baker Street para Coombe Tracey. Eles me ajudaram muito, em especial o trecho incidentalmente autêntico da biografia dos Stapleton. Foi a partir dali que consegui estabelecer a identidade do homem e da mulher e saber, afinal, qual era a situação. O caso se complicara consideravelmente com o incidente do condenado foragido e das relações entre ele e os Barrymore. Outro ponto que você esclareceu de forma muito eficiente, embora eu já tivesse chegado às mesmas conclusões pelas minhas próprias observações.

"Quando você me descobriu no pântano, eu já tinha um conhecimento completo da história, mas não possuía um caso que pudesse ir a júri. Mesmo a tentativa de assassinato de Stapleton contra Sir Henry, que culminou com a morte do infeliz fugitivo, não nos ajudou a provar nada contra nosso homem. Parecia não haver nenhuma alternativa senão pegá-lo em flagrante, e, para isso, tínhamos que usar Sir Henry como isca, sozinho e aparentemente desprotegido. Fizemos isso, e, ao preço de infligir um forte trauma em nosso cliente, conseguimos concluir nosso caso e levar Stapleton à destruição. O fato de Sir Henry ter sido exposto ao perigo é, devo confessar, um descrédito para a minha condução do caso, mas não tínhamos como prever o espetáculo terrível e paralisador que o animal apresentou, nem a névoa que permitiu que ele irrompesse sobre nós tão inesperadamente. Tivemos sucesso em nosso objetivo a um custo que tanto o especialista quanto o Dr. Mortimer me asseguram ser temporário. Uma viagem longa pode permitir a nosso amigo se recuperar não só de seus nervos abalados, como também de seus sentimentos feridos. Seu amor pela Sra. Stapleton era profundo e sincero, e, para ele, a parte mais triste nessa terrível história foi ter sido enganado por ela.

"Resta apenas comentar o papel que ela desempenhou em tudo isso. Não pode haver nenhuma dúvida de que Stapleton exercia uma influência imensa sobre a mulher – que pode ter sido decorrência do amor, do medo ou, muito provavelmente, de ambos, já que essas não são, de maneira alguma, emoções incompatíveis. Seu domínio era, pelo menos, absolutamente eficaz. Por ordem do marido, ela concordou em se passar por sua irmã, embora ele tenha esbarrado nos limites de seu poder quando tentou usá-la como acessório direto de assassinato. Ela estava decidida a avisar Sir Henry, desde que pudesse fazê-lo sem implicar o marido, e tentou várias vezes. O próprio Stapleton parece ter sido capaz de sentir ciúmes, e, quando viu o baronete fazendo a corte à dama, embora isso fizesse parte de seu próprio plano, não pôde conter-se e interrompeu o encontro com uma explosão apaixonada, que revelou a alma feroz que seus modos retraídos escondiam tão astutamente. Encorajando a intimidade, ele certificou-se de que Sir Henry fosse frequentemente à Casa Merripit e, assim, mais cedo ou mais tarde, teria a oportunidade que desejava. No dia do crime, no entanto, sua mulher voltou-se de repente contra ele. Ela tinha descoberto alguma coisa sobre a morte do fugitivo, e sabia que o cão estava sendo guardado na casa do pomar na noite em que Sir Henry jantaria lá. Responsabilizou o marido pelo crime premeditado, e seguiu-se uma cena de fúria, na qual ele revelou pela primeira vez que ela tinha uma rival em seu amor. Em um instante, sua fidelidade transformou-se em ódio amargo, e ele percebeu que ela iria traí-lo. Por isso, amarrou-a, para que ela não tivesse nenhuma possibilidade de avisar Sir Henry. E contou com a certeza de que, quando toda a região atribuísse a morte do baronete à maldição de sua família, como certamente aconteceria, poderia recuperar a fidelidade dela, fazendo-a aceitar o fato consumado e manter silêncio sobre o que sabia. Nesse caso, de qualquer maneira, acho que ele cometeu um erro, e que, se nós não estivéssemos lá, a sorte dele estaria selada: uma mulher de sangue espanhol não perdoa uma traição dessas com facilidade. E agora, meu caro Watson, sem recorrer às minhas anotações, não posso lhe dar mais nenhum detalhe desse curioso caso. Não me parece que algum ponto essencial tenha ficado sem explicação."

– Ele não podia esperar matar Sir Henry de susto, como tinha feito com o velho Sir Charles.

– O animal era selvagem e estava faminto. Se sua aparência não matasse sua vítima de susto, pelo menos paralisaria a resistência que ela pudesse oferecer.

– Sem dúvida. Resta apenas uma dificuldade. Se Stapleton se apossasse da herança, como poderia explicar o fato de ele, o herdeiro, estar vivendo escondido sob outro nome tão perto da propriedade? Como poderia reivindicá-la sem levantar suspeitas e perguntas?

– Essa é uma dificuldade formidável, e receio que esteja pedindo demais quando espera que eu resolva essa questão. O passado e o presente estão dentro do espectro de minha investigação, mas o que um homem pode fazer no futuro é difícil de responder. A Sra. Stapleton ouviu o marido discutir o problema em várias ocasiões. Havia três condutas possíveis: podia ir para a América do Sul, reivindicar a propriedade e estabelecer sua identidade diante das autoridades inglesas lá, e assim obter a fortuna sem jamais vir à Inglaterra; ou podia adotar um disfarce elaborado durante o curto período em que precisasse estar em Londres; ou, uma última opção: poderia fornecer as provas e os documentos a um cúmplice, apresentando-o como herdeiro, conservando o direito a uma proporção da renda dele. Não podemos duvidar, pelo que sabemos dele, de que teria encontrado algum meio de resolver essa dificuldade.

"E agora, meu caro Watson, tivemos algumas semanas de trabalho duro, e por uma noite, acho eu, devemos focar nossos pensamentos em coisas mais agradáveis. Tenho um camarote para *Les Huguenots*. Você já ouviu De Reszke? Por favor, então, esteja pronto em meia hora – e, no caminho, podemos parar no Marcini para um rápido jantar!"

Fim

Este livro foi composto com tipografia Adobe Garamond Pro
e impresso em papel Off-White 80 g/m^2 na Formato Artes Gráficas.